2
Tatsunokotarou
竜ノ湖太
illustration
ももこ
Last Embryo
Ava-
tāra
再臨
問題兒童的
最終考驗
Kadokawa Fantastic Novels

封面、內文插畫／ももこ

Last Embryo 2

Contents

序章

「恩賜遊戲名『Minotaur the throne in labyrinth』

參加者一覽：~~迷迴廿六夜~~。

・參加資格①：擁有一個以上的太陽主權（不問赤道、黃道）。

・參加資格②：擁有太陽神直系的血統，或是具備與太陽相關的功績。

※注意事項※

・本次的太陽主權預賽遊戲可能會在沒有通告的情況下中斷。這是適用於所有預賽的注意事項，敬請事先理解同意。

勝利條件①：討伐『迷宮的怪物』。

勝利條件②：解開Labrys的迷陣，破壞所有的牛頭。

宣誓：太陽主權戰爭營運委員會保證公正舉辦上述遊戲。

第二次太陽主權戰爭　執行負責人　『拉普拉斯小惡魔』」

滿天繁星之下——杳無人跡的無人迷宮裡。

位於迷宮中心的王座大廳中，響起像是在強忍笑意的少女聲音。少女原本是在閱讀一張使用羊皮紙製成的「契約文件」，還邊瀏覽內容邊發出嘻嘻笑聲。儘管不知道是什麼讓她覺得如此好笑，總之這份「契約文件」的內容似乎確實戳中了她的笑點。

好一陣子之後少女總算恢復平靜，卻又看著文件內容再度笑了起來。

能像這樣因為同樣的哏而一笑再笑雖然是件很幸福的事情，但是看在旁人眼裡卻詭異到了極點。做出這種行為的人如果不是個美少女，這種光景根本無法讓人接受。

更不用說此處還是怪牛的大迷宮，彌諾陶洛斯的巢穴。

在人類營生造成的燈火亮光和擁擠喧鬧都不存在，只聽得到細微蟲鳴與沙沙風聲的安靜夜裡，她一直嘻嘻笑個不停。

頭髮綁在頭部兩側的這名少女雖然擁有與幼小年齡不符的美麗端整外貌，舉止卻和一般的平民女孩沒什麼兩樣。

這次笑完之後，她又開始研究起那張「契約文件」。

當她正打算就這樣繼續無限重複同樣發笑反應的時候——

躺在樹蔭下的男子緩緩撐起上半身。大概是終於受不了在半夜裡笑個不停的少女吧，男子粗魯地搔了搔帶有美麗光澤的頭髮，臉上浮現苦笑。

「真是……妳看了那麼多次居然還不膩啊？世界龍（Kurma）。」

「那當然。因為在此寒空之下沒有其他娛樂，至少請允許我期待或許明天就會出現的玩伴啊，牛魔王。」

被喚作世界龍的少女似乎很幸福地晃著手上那張「契約文件」。

和可愛的外貌相反，這名字聽起來感覺相當危險。

另一方面，叫作牛魔王的男子也是個讓人忍不住驚嘆的美男子。他擁有高挑挺拔的體格與潤澤豔麗的黑髮，頭上還聳立著牛角。沐浴在月光下的身影表現出似乎隨時能散發出男性魅力的美男子風範。

「還有雖然很麻煩，但是請稱呼我為『世界王』，因為我的本名還是祕密中的祕密。或是也可以把我當成人類少女那樣，直接叫我『小俱』喔。」

「是嗎，那麼我就不客氣地叫妳小俱了。話雖如此，一旦和帝釋天見面，再怎麼說也會被看穿吧？」

「帝釋天？……噢，你是指因陀羅？哎呀～說不定他其實不會發現呢。畢竟他好像不知道我是雌龍，而且這是我第一次變成人類的模樣。」

我也很好奇他會有什麼反應……少女帶著微笑說道。

接著她拿出「契約文件」，表示現在是這方面比較重要。

「比起那事，請看看這個！就是這個！這個內容！這次的太陽主權遊戲相當高水準呢！明明上次的內容更單純，像那種只靠力量的傻瓜就能贏！」

自稱世界王的少女拐彎抹角地指責「上次的優勝者是只靠力量的傻瓜」，牛魔王也看著那張「契約文件」點了點頭。

「嗯，近來變得會基於『給予無戰鬥能力者勝利的機會』這種名目來設置第二勝利條件，不過作為考驗(Game)的難易度也同時因為加乘作用而提高。這場迷宮遊戲也是其中一環——那麼，小倶妳解開了嗎？」

「當然已經解開了！」

小倶俐落地原地站起。

她似乎是希望有哪個人聽聽自己的理論，眼中還閃爍著自豪的光芒。小倶伸手指出文件的內容，第一個目標是上面提到的「迷陣」這名詞。

「首先，這段文字裡有讓人感到突兀之處，尤其是勝利條件！

勝利條件①：討伐『迷宮的怪物』。

勝利條件②：解開 Labrys 的迷陣，破壞所有的牛頭。

明明在前文中有像這樣寫出『迷宮』這名詞——後文裡卻**故意改寫成**『迷陣』。況且連標題也寫了『labyrinth』，因此可以隱約窺見製作者的意圖——話說回來，牛魔王你知道『迷宮』和『迷陣』其實是**完全不同的概念**嗎？」

小倶用手指抵在水潤的紅唇上，看起來越發得意。

牛魔王似乎也產生興趣，他在王座前盤腿坐下，開始思考。

「唔……我記得『迷陣』裡存在著『三叉路或是分歧的路線』，但相較之下，『迷宮』則是『必須採用單一的路線』……是這樣嗎？」

「這說明雖然粗略，不過是正確答案。迷陣是意圖讓人找不到路的設計，但迷宮的目的卻是要幽禁對象。換句話說，在所謂的迷宮裡，**其實出入口基本上只有一處**。因此被關進『絕對無法逃出的迷宮』是一種隱喻，相當於牢獄——不，這部分是無關的事情。」

嗯哼！她咳了一聲恢復冷靜，轉回正題。

「接下來讓我在意的部分是『破壞所有的牛頭』這句話。從『破壞所有』一文來推論，可以建立起『存在著複數牛頭』的假設，也因此能推論出這個牛頭和彌諾陶洛斯本身沒有關係。會讓人聯想到牛的頭，而且複數同時存在也不會產生矛盾的東西……好啦，牛魔王你知道答案嗎？你身為牛的大妖怪，應該心裡有數吧？」

龍化身而成的少女露出帶有挑釁的微笑。

牛魔王似乎很刻意地雙手抱胸，表現出煩惱的反應。

「區區如我怎會心裡有數……但是如果按照妳的解讀方法，牛頭並不是指生物吧。講到並非彌諾陶洛斯本身，卻又能代表牛頭的東西……」

他看了看周圍。迷宮各處都嚴重損壞，瓦礫散落一地。看到夾雜於瓦礫堆中的武器和擺設品後，牛魔王像是靈光一閃般地握拳擊掌。

「——是嗎，是指『雙刃斧（Labrys）』啊！」

「嘻嘻，看來你的灰色腦細胞慢慢甦醒了呢。我這邊也逐步開始行動——沒錯，是指在希臘相當於『迷宮（Labyrinth）』之語源的雙刃武器『雙刃斧（Labrys）』！那東西以牛頭為主題，是彌諾陶洛斯的代表性武器，也是祭祀的用具。據說在迷宮原型的克諾索斯（Knossos）宮殿裡，各處的牆上都描繪著雙刃斧的圖案——嘻嘻，我想你差不多該明白了吧？」

——**迷宮的每一面牆壁上都畫著牛頭圖案**。

討論到這邊，牛魔王點點頭像是總算理解周圍為何損壞得如此嚴重。

「原來是這麼一回事……！只要破壞『迷宮』牆壁上描繪的雙刃斧，就會製造出岔路，**讓『迷宮』成為『迷陣』**！」

「GOOD！沒錯，就是那麼一回事！」

小倶豎起食指，和牛魔王開心地大聲喊叫。

她指向到處都遭到破壞的迷宮，似乎很興奮地跳來跳去。

「這場遊戲的參加者，那個名叫逆迴十六夜的青年肯定也解開了謎題！迷宮的牆壁被無秩序地損毀並不是戰鬥的痕跡，而是攻略的痕跡！」

把「契約文件」抱在懷裡的小倶一邊興奮轉圈，同時開心地抬頭仰望月夜。

「嘻嘻……他是什麼樣的青年呢？既然挑戰了如此整人的遊戲，應該是一個聰明的孩子！我真想快點和他一起玩樂，你也是這樣想吧？」

「關於這點，我可以全力表示同意。個人也非常期待見到十六夜，不知道那些鬼才們成長後是什麼樣子……」

牛魔王以充滿感慨，而且似乎帶著點親近感的語氣如此喃喃回應。實在無法確定這些發言裡究竟寄託著何種心情。

然而，他和小倶一樣往上看向月亮的視線卻顯得相當平穩。

「……不過到頭來，還是把CANARIA之家的孩子們也牽連進來了嗎？我本來還為了避免演變成那種狀況而在各方面私下出手安排呢。」

「哎呀？話是那麼說，但你卻很乾脆地就加入我等這一方耶？」

「那是因為佛門出面干涉。白夜叉也就算了，我可沒打算跟帝釋天和平共處，他算是總有一天必須分出高下的對手吧。」

「是那樣嗎？看樣子那個人還是沒變，似乎有很多敵人——噢，對了。講到因陀羅，還有另一個和他有因緣的少年。」

小倶把手指搭在嘴邊露出微笑，看向在樹蔭下休息的另一名同伴。儘管從遠處很難看得清楚，不過依舊能辨認出彷彿微微帶有雷光的藍髮。

對方不知道是睡熟了，或是不想參加這種八卦會議所以乾脆裝睡。牛魔王和世界王一起把視線轉向樹下，然後搖了搖頭。

「一旦活久了，總是會發生一些意想不到的事情。真沒料到那個人會選擇與我等站在同一陣線，明明那傢伙無論怎麼樣都不算是魔王。」

「何止如此，甚至他還是印度神群中數一數二的大英傑呢！既然他是參賽者之一，身為出資者的我也很有面子。我等『Avatāra』在主權戰爭中的最後勝利，已經等同於將會實現……嘻嘻，因陀羅看到他之後到底會露出什麼樣的表情呢？我從現在起就感到滿心期待。」

「……這心態真是低俗。不管怎麼想像，大概也只會往負面方向發展吧。」

「真是那樣嗎？說不定意外能獲得對方的理解喔？不過前提是因陀羅還是我認識的那個因陀羅啦。」

哼哼哼……世界王挺起沒什麼分量的胸膛，得意洋洋地回答。

牛魔王雖然忍著沒有開口，卻以聳肩動作來對她的發言表示懷疑。因為世界王提到的因陀羅出自於還有一半算是惡神的時期，然而如今的帝釋天是護法的善神。因此牛魔王認為帝釋天要是見到和魔王站在同一陣線的自家人，衝突恐怕還是難以避免。

「算了，我會負責對付十六夜和焔。所以這次要麻煩妳旁觀了，小俱。」

「沒問題。別看我這樣子，其實很能忍耐喔。」

少女用力握緊雙拳並表示理解。

只是她再度看向「契約文件」後，又開心地露出笑容。

牛魔王無奈地搖著頭回到樹蔭下，決定等待挑戰者回到迷宮。

地中海的天空晴朗得無可挑剔。

噴著水花往前奔馳的高速渡船雖然搖晃得有點劇烈，藍天與美麗的大海色彩卻可以讓人不去介意搭乘時的不快感。

若想觀光，地中海的海風與清澈到幾乎透明的海水是最讓人喜愛的選擇。可以稱之為自然界至寶的這片景觀看起來稍微帶點異世界的風情。

再加上現在正好是日本的黃金週期間，可以看出觀光客中似乎有不少日本遊客。在海邊的沙灘上，有許多帶著家人或戀人的人們正在玩樂。

然而從希臘的機場移動到渡船碼頭的過程中，能目睹到的景象並非只有好的一面。超大型颱風「天之牡牛」通過後造成的傷痕極為嚴重，沿海也有一些地區遭到封鎖。原本高聳的椰子樹斷成直角，橄欖樹上尚未成熟的綠色果實全都散落一地，被踩爛的樣子讓人不忍卒睹。

私人租賃的小型船無一倖免，每一艘都損壞到不可能出航的地步。

再加上在一部分地區還確認了症狀酷似天花的神祕病原菌，這是短短幾星期前才發生的事情，對居民來說應該是尚未痊癒的傷痕。

這種時候會有人願意開船嗎？逆廻十六夜、御門釋天、頗哩提等三人儘管內心抱著懷疑

——不過實際上那些狀況歸那些狀況，做生意又是另外一回事。

無論處於何種時世，不工作就沒飯吃的大原則都是不變的道理。即使面對此等非常事態，還是不能放過願意花大錢搭船的慷慨客人。

幸好三人問到「Don Bruno」的老闆有個朋友在經營租船業務，總算獲得前往浮在希臘共和國海域的孤島——克里特島的手段。

重新聽完十六夜敘述他從箱庭來訪的始末之後，頗哩提驚訝得不斷用力眨眼。

「所以說是那樣嗎？你正在參加彌諾陶洛斯的遊戲，遊戲卻突然遭到中斷？」

「就是那麼一回事。我本來是想要帶著優勢參加太陽主權戰爭所以在收集主權，看樣子是被遊戲主辦者那邊從旁介入。」

我那時幾乎已經把遊戲完全解開了……十六夜很不高興地雙手抱胸。

太陽主權戰爭——是箱庭世界裡為了爭奪二十四個太陽主權而舉辦的恩賜遊戲。

「黃道十二宮」的星獸是牡羊、金牛、雙子、巨蟹、獅子、處女、天秤、天蠍、射手、魔羯、水瓶、雙魚等十二星座。

「赤道十二辰」的星獸是鼠、牛、虎、兔、龍、蛇、馬、羊、猴、雞、狗、豬等十二辰。

這些存在於太陽軌道線上的二十四隻星獸被總稱為太陽主權。

距離正賽還有一段時間的現在只不過是預賽階段，但是想在正賽前盡可能多收集一個主權也好的參加者並不在少數。

身為優勝候補者之一的逆迴十六夜隸屬的共同體也是其中之一。

「啊～就是……為了掌握制定規則的主導權，白夜叉不是把自己擁有的太陽主權解放了一半以上嗎？所以爭奪戰才會活性化，妳沒聽說過這件事？」

「不，這是我初次得知這情報……不過原來是這樣啊，既然身為上次優勝者的白夜叉放棄了主權，意思是有相當多的主權已經流入民間。」

上次的優勝者——掌管太陽運行，別名「白夜王」的星靈被選為這屆遊戲的製作兼實行主任委員。這同時也是在表明上次的優勝者無意參加爭奪戰，對於志在優勝的各路豪傑來說，想來是個好消息吧。

船隻繼續往前行駛，逆迴十六夜和頗哩提待在甲板上背靠欄杆，眺望地中海的水平線。

「只是這樣一來，更顯得若是無法盡快讓你回到箱庭會是個嚴重問題。萬一太陽主權遭到惡用，被害有可能會波及到主權戰爭之外的地方。雖說已經找了藉口向被派遣去的公司提出說明，但是我可不願意再請更多特休。」

「……什麼啊，原來妳用了特休？可以仰賴的社長怎麼了？」

「這事跟社長無關。因為我是大小姐的隨從兼保鑣，所以特休的申請是送往『Everything Company』那邊——順便說一下，彩鳥大小姐在黃金週期間的行程，被認為是和我一起前來海外旅遊。」

頗哩提把手搭在胸前，又補充了幾句。

儘管十六夜未能掌握完整狀況，但也靠著發言和語氣明白她是個精明幹練的女性。

「是嗎……不過既然你們在『Everything Company』裡有如此高層的幫手，乾脆靠那邊的管道借船不就得了？」

「你怎麼可以說這種傻話呢。要是到時被發現大小姐其實不在，那不是很麻煩嗎？所以這次還是該依靠唐‧布魯諾的人脈。」

頗哩提露出世故的笑容，十六夜則聳肩回應。

「算了，其實也沒差。不管怎麼說，總之這就叫作出外靠朋友吧？當初是以死馬當活馬醫的心態試著拜託唐幫忙牽關係，結果這次算是中了大獎。拜此所賜，我們才不必自己游去克里特島。」

「我有同感。只是隨浪搖曳這種程度倒還不錯，但是基本上我不擅長面對大海。」

「哦？這還真是讓人意外的弱點。那……如果沒找到船，地天大人您打算如何渡海？」

十六夜換上輕浮的笑容，有點不懷好意地發問。

既然她能展現出這種平穩又沒有破綻的氣質，這個弱點顯得相當露骨。十六夜應該是基於想要加深彼此交情的想法，才會試圖稍稍為難對方吧。

然而身為當事者的頗哩提並沒有表現出感到困擾的態度，只是把西裝外套掛到右肩上。

接著她似乎很不解地先歪了歪頭，才面無表情地開口。

「你問我要怎麼渡海……那種事情，**只要把海填起來之後再走過去不就行了嗎？**」

「……哦？」

——原來如此，原來如此啊。居然來這一招。

原來這個護法善神打算把世界第一的地中海給填平嗎？

但是得知還有這一招後，十六夜也感到佩服。正可以形容成茅塞頓開。

「你看，要是把那座島上的山脈丟進海裡，是不是正好能把這裡給填平？或是乾脆連山帶島一起剷平。」

至於頗哩提，她邊仔細評估自己的發言邊指向遙遠的北方，還很認真地研究該怎麼做。如果這些話是出於真心，就算是十六夜也必須出手阻止。要是在外界連十六夜沒去過的土地也都遭到破壞，那可就傷腦筋了。

御門釋天坐在渡船甲板上設置的椅子，抱著腦袋嘆了口氣。

「喂，你們這兩個野蠻人，別什麼事情都用箱庭的基準來考量。還有頗哩提，阿索斯山被認定為聖山，所以別講出那種輕率的發言。在外界和東正教為敵可沒有好事。」

釋天很不以為然地拋出這番話，然後開始來回看著手上的國際經濟報以及行動電話液晶畫面上顯示的損害情報。

報紙上雖然還沒報導出來，然而病原菌的影響已經確實地逐漸浮上表面。目前只有極少數的一部分人知道小麥和玉蜀黍會受到感染的事實，問題是眾口難防。尤其是歐洲已經顯示出麵粉價格暴漲的徵兆。釋天帶著苦澀表情瞪著報紙，繞到他身後的逆廻十六夜確認內容後也皺起眉頭。

十六夜伸手指向頭版的頭條報導。

「法國的麵粉價格急速高漲，增加百分之五十五……？嗚哇，這真是糟糕。沒問題嗎？我總覺得法國人給我一種不吃麵包就會死的印象。」

「我很想反駁那是誇張的偏見……不過也不能完全說是錯誤。畢竟法國是國土有將近六成都是農耕地帶的農業大國，也是農作物生產量占歐洲總量四分之一的國家。我不清楚病害已經擴散到法國的哪些地區，但是再這樣下去會造成世界性的恐慌。」

御門釋天語氣平淡地講出會煽動不安情緒的發言。

實際上颱風「天之牡牛」通過半個世界後在東京出現，傷痕留下的弊害超過肉眼可見的範圍。目前儲存的穀物還無法確定有幾成受到汙染，發現病原菌會殘留在農耕地帶這事實的農家大概也只有少數。可以推測出聯合國糧食及農業組織沒有公布這些異常事態的理由，是因為他們目前還處於摸索方案以收拾今後混亂的階段。

然而面對這些特殊狀況，釋天卻沒有表現出慌張的反應。

甚至他反而看起來相當冷靜悠哉。

或許是對這態度有什麼意見，十六夜帶著輕浮笑容開口發問：

「我說啊，釋天。你也差不多該告訴我了吧？」

「告訴你什麼？」

「別裝傻。這次的異常事態毫無疑問是世界級，畢竟被稱為最強武神眾的護法神十二天中有兩名成員化身成人類觀察情勢，但是你們卻一個個全都決定在旁靜觀。如果有心處理，應該輕輕鬆鬆就能收拾這種異常事態……沒錯吧，頗哩提毗．瑪塔？」

保持笑容的十六夜把視線轉到頗哩提身上。

聽到自己的神名的她把外套搭在肩上露出苦笑。

「這個嘛，實際上會如何呢？此處距離我的土地（身體）相當遙遠，而且這一帶在天軍……天部（Deva）中也屬於希臘神群的管轄。在眾人因為太陽主權戰爭而情緒緊繃的狀況下，我可不想做出干涉他人領地的行為。」

「雖然那也是原因之一，不過身為地母神的頗哩提要是隨便插手這一帶的土地，有接觸到泰坦（Titan）神族封印的風險。讓巨人族在現代復活可不是好事吧？」

兩名善神露出像是想岔開話題的笑容，回應也很含糊。

老實說，兩人已經看到這事件的終點。

在西鄉焰所屬的寶永大學企劃小組——西歐的大貿易公司「Everything Company」製作出的醫療用奈米機械被判斷為有效之前，這種不安定的情勢恐怕還會持續一陣子。

焰參與的奈米機械要是能驅逐蔓延範圍如此廣闊的病害，名聲必定會傳遍國際。因此可以認定，到最後「西鄉焰製造出的奈米機械拯救了世界經濟」是已經準備好的歷史性紀錄。以這次的國際性貢獻為契機，他正在鑽研的奈米機械——「星辰粒子體」的開發與研究想必能夠往前大幅推進。

「我不能說明詳情，但是你可以認為到此為止的事態都有按照預期發展，箱庭並沒有對這個時代帶來什麼重大改變。既然理當發生的事件正朝著理所當然的方向解決，那麼現在最重要的事情就是要把你送回去。」

「……哼，原來如此，只有我一個人被排擠在外嗎？」

十六夜似乎很不滿地瞪著釋天。他這副態度就像是明知有個似乎很好玩的娛樂卻被迫不能參加，看起來一點也不像是即將成年的人。

兩名神靈看到這種反應雖然紛紛竊笑——這判斷卻有點過於天真。如果這點小事就能讓這傢伙老實收手，他當初根本不會被召喚到箱庭。

十六夜咧嘴露出輕浮又邪惡的笑容後，拿出行動電話開始打字，似乎是要寄送郵件給哪個人。

「算了也沒關係。既然你們說原因是病原菌，我這邊也有掌握情報的手段。畢竟**那把蛇杖**目前的所有權可是在我們手上嘛。」

「……啥？喂，等一下，你打算做什麼？」

「好啦好啦這是祕密是祕密！快到克里特島了，這裡是彌諾陶洛斯誕生之地，應該會有什麼線索吧？得早點去接那些小鬼頭才行，不然我會掛意他們的安危。」

十六夜呀哈哈笑著，轉身背對兩人。

釋天收起報紙和手機，從椅子上起身後露出揶揄笑容。

「什麼嘛，果然你還是會擔心焰他們嗎？」

「擔心啊……其實不太一樣。那些傢伙本來並不是會被箱庭召喚的對象，他們的確擁有類似恩惠的力量，但程度微不足道。我不清楚女王是打著什麼主意才把焰他們牽連進去，然而要靠焰和鈴華的力量在恩賜遊戲中步步取勝，我想是不可能的事情。」

講白一點，他們等於是被人一時興起而牽連進去的犧牲者。十六夜斷言兩人並不是該參加恩賜遊戲的人才。

然而聽到他這些話，釋天卻忍不住皺起眉頭。

「這話講得……真是相當難聽。以你來說，這種評價算是很低嘛。我倒是認為身為人類，不管是焰還是鈴華都意外有達到不錯的水準。」

「是嗎？即使是看在軍神大人的眼裡也這樣認為？」

「當然。或許一開始會感到不知所措，但那兩人肯定能夠立刻理解該怎麼對應恩賜遊戲。說不定他們三個人都已經為了破解遊戲而開始行動了喔。」

釋天以別有深意的發言回應十六夜。

從兩人改成三人，是包括彩鳥在內的評價吧。

然而不認識彩鳥的十六夜卻以懷疑表情聳了聳肩。

「哦……看來關於那兩人，我們之間有著不同的意見。鈴華還可以姑且不論，我對焰的印象倒是只有從小就內向消極又被動。」

「你這蠢蛋，人類會成長啊。自從你離開之後，守護『CANARIA 寄養之家』至今的人可是焰和鈴華，當然會變堅強。」

御門釋天以略帶怒氣的視線責備十六夜。

雖然俗話說沒有父母小孩子也能自己長大，不過要求甚至尚未成年的十六夜實際體會這種感受恐怕很困難。因為在他心裡，西鄉焰和彩里鈴華的時間還停留在十歲的少年少女。

看到無論如何都無法認同的十六夜，頗哩提以似乎很愉快的態度對他開口：

「既然這樣……那麼，要不要來打個賭？」

「打賭？賭什麼？」

「賭恩賜遊戲的輸贏。釋天認為焰他們會勝利，十六夜你則認為他們會敗北吧？難得彼此意見不同，不來賭一場不是很可惜嗎？」

頗哩提從錢包抽出十張剛兌換的一百歐元紙幣，捲成一束之後用手指彈向十六夜。看來她本身也想搭便車參與這場賭局。

反射性接下那束紙鈔的十六夜一時顯得不太高興，然而逃避勝負不合他的個性。所以他換上和先前反應完全不同的輕浮笑容，從胸前口袋拿出「Thousand Eyes」發行的金幣。

發現賭注提升到五倍的釋天表現出誇張反應。

「喂喂喂，你們兩個都給我等一下！就算要賭，你們一注的金額也太高了吧？」

「哦？以軍神大人來說，這真是一句相當示弱的發言。」

「說得有理喔，社長。既然是男人，希望你至少要很慷慨地靠財力反擊。」

釋天被兩人強迫當上莊家，但他的錢包裡面並沒有那麼多錢，頂多只有提出金額的一成以下。

剛才雖然因為一時衝動而講了那種話，不過再怎麼說，釋天也不認為光靠焰等人就能在這次的恩賜遊戲中勝出。為了取勝，應該還是需要十六夜或他本人趕去支援吧。

然而此時如果拒絕，毫無疑問兩人會越發嘲笑他是「最強的軍神（笑）」。身為主神，身為社長，身為男人，釋天無論如何都要避免那種狀況。

有時候為了保衛尊嚴而撒錢也是身為上司的責任。

釋天拿出裡面幾乎空無一物的錢包，抹去內心的焦躁，好不容易才擠出無畏笑容回應。

「……好，既然你們把話講到這份上，我就參與這場賭局。你等著掉眼淚吧，臭小鬼！」

「哦？嘴上講得這麼有氣勢，結果卻猶豫這麼久。我還以為你一定是在歌舞伎町那一帶把錢拿去孝敬女人，最後身上掛了一堆債。」

「喂喂喂，你說那什麼蠢話。再怎麼樣也不能對已婚者講出那種威脅，這效果拔群呢不是嗎萬一被聽到了該怎麼辦拜託饒了我吧。要知道我並不是被這種只要賭贏就是莊家全賺的狀況吸引——」

「嗯？不，等一下。我要賭焰會獲勝喔。」

——啥？另外兩人都把充滿意外的視線朝向頗哩提。大概是他們沒想到看起來似乎很精明的她居然會押注在明顯不利的那一邊吧。

但是頗哩提並沒有表現出畏懼的態度。

她保持溫和的笑容，拿出更多紙鈔捲成一束。

「我甚至願意提高賭注，要不要順便再加上條件呢，十六夜？」

「不……其實也沒有必要那樣做。不過我說妳是認真的嗎？」

「當然是認真的，我不會沒有勝算還提議要打賭……對吧，釋天？**你應該很清楚**我只會支持那種有前途的傢伙。」

依舊笑容滿面的頗哩提拉高賭注金額。

這時，渡船剛好抵達碼頭。頗哩提以輕快腳步轉身背對兩名男性，隨性揮了揮手便先行上岸。

十六夜以納悶表情望著釋天。

「……你們兩個是怎樣？難道你們其實給了焰恩惠？」

「不，沒那回事……不過哎呀，真是讓人驚訝啊，十六夜。這下說不定，說不定真的會大爆冷門喔。」

釋天俐落起身，拿好行李。

他的嘴邊掛著幾乎是從未有過的愉快笑容。

因為帝釋天很清楚。

農耕之神靈——文明發源的大地母神頗哩提毗．瑪塔在很久以前，曾經主動擔任兩名戰士的後盾。之後雙方都成就了讓自身名號轟動天下的功業，甚至成為建立起一段時代的傑出人物。

第一個對象成為諸神之王。

第二個對象擁有足以成為世界之王的器量。

而頗哩提現在，留下暗示焰將成為第三個對象的發言。這番話到底有什麼意義呢——這下不是一口氣變有趣了嗎？

（如果焰真的有能力跟我們相提並論，那麼他要是在這種遊戲裡受挫可就傷腦筋了。必須讓他盡全力鼓起幹勁才行。）

釋天在旁守護他們約五年，然而對於焰的才智還是沒有做出評價。

他調整想法認為這次或許是個確認西鄉焰器量的好機會後，邁步走向希臘的孤島——克里特島。

第二章

——大樹與大瀑布的水上都市「Underwood」。

轟隆作響的狂風正衝擊著大樹的樹幹。

水上都市的清流在狂風暴雨中成了濁流，開始吞沒城鎮的居住區域。在這個近鄰土地都是連綿平原的大樹城市「Underwood」裡，建築物並未採用能抵禦颱風的構造。

換句話說，大部分都是典型的磚造房舍。

雖然有為了對應河川水位升高而搭建了防波堤，然而算得上防備的設施只有這個。

如果暴風雨的根源——「天之牡牛」繼續留在此處，剛誕生不久的水上都市毫無疑問會受到嚴重打擊。

從大樹樹幹內的房間觀察城鎮情況的久藤彩鳥似乎很不安地嘆了口氣。

她轉身面對同房那個大自己一歲的少女——彩里鈴華，開口喃喃說道：

「……這場暴風雨真是嚴重呢，鈴華。」

「這還用說嗎？在我們原本世界的最終紀錄裡，是不是增強到風速一百零九公尺了？好像還得了個惡名，說是氣象觀測史上最誇張的強烈颱風之類……」

鈴華一邊隨便回應，同時繼續躺在茅草鋪成的床鋪上努力看書。一行人來到「Underwood」後已經過了三天，無論面對什麼事情她都保持這種態度。

身處此等現狀還不會感到害怕是很好……但是，老實說如果鈴華表現出更驚慌或不安的反應，會讓彩鳥覺得更容易應對。這點與其說是個性，倒不如說純粹是膽量的差異。

據彩鳥個人所知，基本上鈴華無論面對何種狀況都不會表現出畏懼害怕的態度。尤其是如果有比自己年紀小的人在場，就算處於逆境也會虛張聲勢吧。

彩鳥只能祈禱她千萬別亂來——但是比起鈴華，更大的問題反而是西鄉焰。

彩鳥輕嘆一口氣，這次把視線轉向同樣待在這房間裡的西鄉焰。

「……那個，學長。」

「嗯？」

「我想請問一下……你還不打算展開行動嗎？這三天以來，學長跟鈴華好像都一直在埋頭苦讀……」

「噢，因為現在行動也沒好處啊。在完成準備之前，我們只能躲在『Underwood』裡閉門不出。」

西鄉焰翻了個身，仰頭望向天花板。

切斷和十六夜的通話後——「萬聖節女王」慫恿西鄉焰正式參加遊戲，然而他最後還是沒有當場給出答案。西鄉焰告訴對方，在他用自己的方式驗證完女王發言之前都無法回答，因此得以延期，直到現在。

（話雖如此，也不能一直給「Underwood」添麻煩。不趕快做出決斷恐怕不妙。）

對於西鄉焰來說，這場恩賜遊戲並非與自身全然無關。然而如果要問那是否能構成動機，其實很難定論。他開始研究「星辰粒子體」的理由只不過是因為在日常生活中想餬口就必須做這件事，雙親的遺志或是復仇之類的事情若要拿來當成目的，不管怎麼樣優先順位都會被往後排。

然而老實說，關於符合女王所提條件的敵人，西鄉焰心裡有底。

（一開始的監護人……見到那男子的時間是在我前往「CANARIA寄養之家」之前，所以大概是十一年前吧？）

除了西鄉焰，有機會接觸「星辰粒子體」的人，應該只有「Everything Company」的研究員，還有當初是繼承人的那男子而已。

那個人後來怎麼樣了，又做過些什麼事？這些不仔細考察一番很難說。

西鄉焰把攤開的書本放在臉上，讓意識沉進思緒之海裡。

＊

差不多十一年前——在西鄉焰被「CANARIA 寄養之家」收養之前。

他和一名男子住在一起。

雙親的喪禮肅穆舉行，但是兩人沒有親戚，西鄉焰被參與父親研究的研究員之一收養。現在他已經連對方長什麼模樣都想不起來，只記得是個年輕又野心勃勃的人。那個人之所以收養西鄉焰，大概是因為想得到他父親研究的星辰粒子體相關資料吧。

事到如今，焰也無法確定是不是那男子拿走了論文和粒子體。只是對於年幼的焰來說，那裡是最適合「求知」的環境。

幾乎完全被放任不管的的焰可以自由接觸、操作、解體那男子家裡的器材，漸漸熟知相關構造。現在回想起來，西鄉焰擁有的恩惠——「千之魔術(Proto Idea)」的一小部分，就是從那時期開始確實地累積起實力吧。

剛好也是在同一時期，收養他的男子對焰產生嫌棄感。

儘管懷抱野心，當時還很年輕的男子卻在星辰粒子體的研究上遭遇瓶頸。不，如果要講得精準一點，這種說法並不正確。

因為星辰粒子體**已經完成**。

西鄉焰的父親在生前已經成功完成星辰粒子體，研究也到達實用化的前一階段。因此男子只要原封不動地向學會提出就可以獲得極大的成果，然而大概是年輕研究者最後的自尊心不允許自身做出那種事吧。

況且最重要的是，只有西鄉焰他父親留下的最後問題——產生粒子體的方法並沒有被記載於任何地方。就算有理論和實物，一旦欠缺實用性，論文到最後也會有所偏頗。更何況如果保持原狀，就不會留下任何男子本身的獨創性。

男子並沒有捨棄尊嚴到了能夠做出那種難看行徑的地步。

然而這種不上不下的尊嚴卻對焰帶來不良影響。

為了投入星辰粒子體的研究，身為監護人的男子放棄所有原先進行的其他研究。想來是這研究的價值足以讓他那樣做吧。只要能完成這個研究，就可以讓現在的文明水準從根基往上提昇，也是能促進人類踏向下個階段的大發明。

超過國家預算的財富，凌駕國家元首的名譽，都可以納入手中，成為單一個人的力量。男子的名字將在人類歷史上留名，也會被世代傳頌為最偉大的人物。

儘管這是不可能獲得的光榮，卻讓男子的幹勁無限往上提昇。埋頭於研究的期間，他能持續作著成為世界之王的美夢。

但是這種虛榮心——卻被一名過於年幼的少年打碎。

因為擁有「千之魔術」的幼小西鄉焰穩定地推進了被男子捨棄的研究。收養西鄉焰一年之後，男子之前參加過的另一項粒子研究……被他命名為B.D.A的研究得以完成。

這個研究原本應該和星辰粒子體配成一對，正式的名稱是血中粒子加速裝置，現在被轉用於星辰粒子體的增殖。

然而這個研究——正是讓身為監護人的男子初次被分配到研究室的理由。

覺得獨自的粒子研究已經走到極限的男子放棄了原本的研究，把對象切換成星辰粒子體——結果原本的研究卻被年幼的焰完成。

當時他受到的衝擊恐怕難以用筆墨形容吧。

焰肯定一輩子都不會忘記，身為監護人的男子最後看向自己的視線。

之後沒過多久，男子就消失了。焰推測星辰粒子體的研究和自己完成的B.D.A就是在這時被拿走。

變成孤單一人的焰——依舊沒有和任何人見面，而是隻身在房子裡度過幾個月然後以下就戲劇性地省略。

（……好，拉回思緒吧。**正題現在才開始**。）

沉浸於過去回憶而有點陷入半夢半醒狀態的焰繼續思考。

這三天以來，他一直在腦內試圖找出可疑人物，最有嫌疑的果然是這個最初的監護人。

（話雖如此，我並不認為那個人能夠繼續推進星辰粒子體的研究。即使現在回想起來，他研究的方向應該也完全錯誤。）

小時候，西鄉焰並沒有發現監護人在研究的東西是星辰粒子體。然而現在試著回憶，對方的言行處處都讓焰覺得應該是在研究那方面沒錯。

不過雖然對不起他……但是現在想從零製造出星辰粒子體，是**絕對不可能的事情**。

原因就是星辰粒子體並非人工物，而是自然界裡的被造物（Creature）。

既然不知道擷取來源的被造物到底是什麼東西，就不可能從零開始製造。領悟到這一點後，焰在量產粒子這方面採用的手段是讓「原典（Origin）」進行寄生增殖。

這也是因為星辰粒子體具備讓奈米規模的星辰絲狀構造（Astral Filament）以集束狀依附在身體組織上，採取基因組（Genome）情報並和本人的基因同步，然後一條條解開絲狀構造並組入細胞內，慢慢進行體內分裂的功能。

這就是西鄉焰在現狀下理解的星辰粒子體的寄生增殖。由於這種寄生增殖後的星辰粒子體會受到宿主的基因組情報影響，因此會變質成和原本不同的東西，然而擷取後還是可以再利用於醫療等方面。

——這裡偷偷講一下。其實焰把星辰粒子體也放到食育用家畜身上並偷偷觀察發展，卻因為受到彌諾陶洛斯襲擊導致計畫一切歸零。擔心粒子體情報會不會從豬隻屍體洩漏出去的焰胃痛到不行。萬一被卡拉室長知道，對方絕對會大發雷霆。

好，這部分太要命了所以還是把思考拉回來吧。

這個星辰絲狀構造（Astral Filament）就是俗稱「第三種星辰粒子體（3S, nano machine unit）」的基幹，也是其真實面目。

儘管焰對「Everything Company」說明這是人工品，但完全是扯謊。

第三種星辰粒子體——甚至具備永動機功能的這個粒子體毫無疑問是被造物。西鄉焰的父親大概是在自然界中發現體內含有星辰絲狀構造（Astral Filament）的生物或植物，成功擷取之後加入了星辰粒子體吧。

也難怪身為焰監護人的男子會誤以為那是人工物。因為換句話說，這證明了世界上存在著只要重新編排環境情報就可以存活的情報生命體。

這部分本身也是重大發現，然而一旦粒子體的製造牽涉到自然界的被造物，就會產生一個大問題。

這個被擷取出來的星辰絲狀構造（Astral Filament）——也就是被通稱為「原典（Origin）」的絲狀構造，其實現存數相當有限。西鄉焰的父親沒有進一步大量生產的原因，或許是因為擷取來源的生命體或是其他任何東西的個體數相當少，也有可能是因為不喜歡會破壞自然界平衡的發明。

西鄉焰用來製造星辰粒子體的寄生增殖法，無論如何都只能擷取出會受到宿主基因組情報影響的變質個體。這種東西無法發揮出星辰粒子體的所有功能——正確說法是一旦變質，作為永動機的功能也不完全。而且基本上目前推測重新編排環境情報而產生的能量是在血管內等速循環時最常發生況且粒子體能發揮的力量也會根據宿主的核酸序列而出現差異以下是禁止事項所以省略。

這些事情和現在無關。

以前述事項為前提，西鄉焰必須思考的問題有兩點。

第一點——是誰製造出二十四號颱風「天之牡牛」？如果「天之牡牛」真的是因為星辰粒子體而出現的怪物，就代表有人推進相關研究的速度遠遠凌駕於西鄉焰之上。

如果真是那樣，首要嫌疑犯是那個身為監護人的男子。

（……………）

但是——真的有可能嗎？

焰之所以能明白星辰粒子體的基幹與被造物有關，大部分要歸功於「千之魔術（Proto Idea）」這恩惠。

正因為他第一次使用粒子顯微鏡時，只看一眼就理解那並不是人工物，才會採用寄生增殖這種劣化複製的手法。況且基本上，那男子應該直到最後都堅信星辰粒子體是人工物。

即使相關記憶已經被放到角落，但那份信念依舊無可懷疑。

那麼，另有其他解答。

（「天之牡牛」……你是「原典（Origin）」嗎？）

焰的心跳因為這個假設而加速，他動了動身體像是想要掩飾。

操縱環境情報的意向性，像是吸取雲霧那般吞噬產生的能量並藉此存活的情報生命體。如果這就是「天之牡牛」的真面目——

（要作為戰鬥的理由，已經十分足夠。）

有機會促進星辰粒子體的研究。既然如此，下一次一定要從正面迎擊。

雖然雙親之死和監護人的動向等讓人介意的事情很多，不過那些並不是西鄉焰原本該扛起的使命。

他之所以開始研究星辰粒子體，是因為焰相信那是對孤兒院「CANARIA 寄養之家」的將來有助益的東西。「Everything Company」這樣的世界數一數二財閥成為出資者後，能給予寄籍於孤兒院的家人們優良環境，這就是理由。

現在不是被女王的甜言蜜語迷惑的時候。

西鄉焰有應當守護的家園和家人。

因此他必須盡快回到現代。已經三天沒消沒息，大家一定很擔心。如果不是正好碰上黃金週，肯定會演變成嚴重問題。

（不，正常來說就算是黃金週期間也是嚴重問題，一個不好或許會鬧上警察局？……算了，就相信十六哥會巧妙地幫忙跟大家講個藉口吧。）

那個人應該能處理得很好。

或者肯定能用什麼戲劇性又誇張的方法掩飾過去。

……西鄉焰想像著那種場景，忍不住稍微笑了。

＊

彩鳥用手指戳著正在努力思考的焰，以有點擔心的語氣向他搭話：

「學長？那個……你有在聽我說話嗎？」

「……噢，抱歉，我沒在聽。」

彩鳥不高興地嘟起嘴。看樣子焰思考得過度專心。他撐起上半身，一邊稍微表示歉意一邊伸了個懶腰。

「真是不好意思，妳要講什麼？」

「所以說，就是關於攻略遊戲的事情啊。敵人是『天之牡牛』和彌諾陶洛斯，目前雙方都還沒解決吧？接下來學長打算怎麼辦呢？」

如果要戰鬥，希望能先訂出今後的方針。

聽到彩鳥這理所當然的要求，焰雙手抱胸露出為難表情。

「就算妳這樣說……先不論彌諾陶洛斯，和『天之牡牛』戰鬥根本是白費力氣吧？那傢伙可是積雨雲直接形成的啊，基本上並不是能靠戰鬥解決的東西。而且恩賜遊戲並非只有靠武力戰鬥取勝這一條路可走吧？」

「……那麼，你想怎麼做？」

「首先要逃離『天之牡牛』，沒有必要打倒那玩意兒。逃走之後再等彌諾陶洛斯主動前來。如果我的推論正確，那傢伙差不多該產生變化了。那樣一來，應該就能看出正確的勝利條件。」

聽到焰這番話，彩鳥驚訝得連連眨眼。還以為他只是躺在這房間裡看書，看樣子焰內心的考察已經有相當進展。

彩鳥在焰的對面坐下，換上認真表情繼續話題。

「那麼，學長的意思是你已經看出一半能夠取勝的辦法？」

「算是吧，不過真的差不多還只有一半而已。妳想知道嗎？」

「我想知道。正確的講法是，這種事情請你早一點告訴我！」

共享情報是很重要的動作！彩鳥舉起食指發表抗議。

然而在說明之前，必須再度正式定義這場遊戲的勝利條件。

西鄉焰從胸口拿出行動電話，讀起邀請函的內容。

「——第二次太陽主權戰爭　邀請函——」

西鄉焰大人鈞鑒：

您已獲得箱庭世界舉辦的『第二次太陽戰爭』的參賽資格。為了取得正賽的參加資格，首先請驅策一隻以上的『黃道十二宮』或『赤道十二辰』之星獸。

討伐目標星獸：『金牛宮』
勝利條件①：討伐『金牛宮』之化身。
勝利條件②：徹底抹滅雷光，讓星辰回歸應有姿態。

※規則概要・舉辦期間

本遊戲為預賽，因此舉辦期間定為七年。七年的期限過後，將自動判定為在遊戲中落敗。另外無論目標被誰打倒，都會被認定為西鄉焰大人成功討伐，因此請盡量募集協助者，無須顧慮。

※注意事項※

本參賽資格是為了讓西鄉焰大人參加第二次太陽主權戰爭而設置的特別參賽名額。如果做出棄權、放棄、無視等行為，或是在預賽中落敗，那麼將回收西鄉焰大人持有的特別參賽名額以及固有的恩賜『千之魔術(Proto Idea)』，敬請見諒。

此外請注意，在遊戲舉辦期間中無法離開箱庭。若需延長尚有評估餘地，但還請盡可能在期限內達成所有的攻略條件。

第二次太陽主權戰爭　執行負責人　『拉普拉斯小惡魔』　謹上」

「……重新再看一遍，才發現這真是相當瞧不起人的內容。居然寫無論由誰破解都算是我的勝利，簡直是以我們會讓他人幫助為前提。」

「嗯，畢竟我們是新手嘛。」

不過冷靜下來思考，這是非常簡單的模式。

雖說最優先事項是回到原本世界，然而看到這種寫法會讓人想意氣用事。西鄉焰轉了轉手機，打開安裝的行動應用程式。

彩鳥眨著眼旁觀焰的行動。

微微側著頭，以不解眼神望向手機的她簡短發問：

「……學長，這裡沒有訊號喔。」

「我知道，我只是在啟動一個叫世界傳說雜學百科的ＡＰＰ。因為光憑自己的知識並不可靠，如果想補充關於彌諾陶洛斯討伐和吉爾伽美什史詩等的知識，這程式正方便吧。」

「啊……是那個ＡＰＰ嗎？說……說……說得也對，我完全忘了。」

焰滑動液晶螢幕，參考兩個傳說。

這是彩鳥推薦可以在閒暇時用來打發時間才去下載的ＡＰＰ，沒想到會以這種形式派上用場。身為當事者的彩鳥似乎把這件事情忘了，但在箱庭裡，有沒有這東西會是天差地別。

焰和鈴華之所以能對萬聖節、白雪姬、月兔等傳說的重點部分特別了解，全都要歸功於這個程式。

「首先尋找符合勝利條件②——『徹底抹滅雷光，讓星辰回歸應有姿態』的關鍵字。只要挑出個別詞語進行搜尋，應該可以找到什麼資料。」

「啊……是，請……請等我一下！」

彩鳥慌慌張張地打開頁面。焰沒看過彩鳥拿手機玩ＡＰＰ的模樣，果然她並不習慣這種用途。

焰先一步按照順序翻看頁面，仔細調查雙方的傳說。

「雷光與星辰……搜尋這些詞語後，可以找到彌諾陶洛斯的本名是『阿斯特里歐斯（星辰與雷光之子）』。」

「本名？他有兩個名字嗎？」

「對，我在考察勝利條件②『徹底抹滅雷光，讓星辰回歸應有姿態』和兩個名字之間怎麼樣才能沒有矛盾時，聯想到一個可能性。說不定彌諾陶洛斯他——**原本其實是人類**。」

聽到焰的結論，彩鳥驚訝到甚至跳了起來。

「意思是他成為怪物是後天性的事情……不，請等一下！學長為什麼會得出這種結論？」

「首先關於阿斯特里歐斯這個名字，是向王族的祖先借用而來。這一點是他誕生時被視為王族，也被當作人類看待的證據。因為在這個時期，後續的王族成員只有他一個。換句話說他明明擁有繼承權，後來卻還是被當成怪物對待。根據這些事實，我假設有某個沒有在傳說表面留下紀錄的要素X。」

沒錯——應該有某個理由，讓他從王族被降級為怪物的理由。

「如果這些假設正確，『讓星辰回歸應有姿態』這句話就代表『必須讓彌諾陶洛斯恢復成身為人類的阿斯特里歐斯』。考量到這是和星辰粒子體有關的考驗(Game)，也可以反推出『只要使用星辰粒子體就能讓他恢復成人類』的解釋。然而畢竟沒有這是正確解答與解釋的證據，不能在這種情況下直接消費『原典』，因為現在已經只剩下一個了。」

聽到焰的坦白告知，彩鳥用力倒吸一口氣。

她壓低音量，看了看同在房間裡的鈴華。

「……那麼，救了鈴華的果然是……？」

「嗯，僅有三個的『原典』已經被迫用掉兩個，再無退路。」

焰只是剛好把兩個保存膠囊都帶了過來，在彩里鈴華受重傷時又用掉一個。鈴華和彩鳥成為原典帶菌者(Origin Holder)這點雖然讓他感到不安，但雙方在當時情況下實在沒有其他辦法。必須觀察今後演變才知道會如何，不過粒子體在兩人體內應該已經各自變質成不同的個體。

目前的重大問題是「原典」只剩下一個。

由於星辰粒子體的「原典」不可能寄生分裂，只能浸泡在鹽分濃度和胺基酸近似血液的模擬體液裡保存，並從外部利用石英晶體振盪隨時給予32.768kHz的刺激，促進「原典」緩慢地自然增殖。既然不可能從零製造出，那麼無論如何絕對要避免失去所有「原典」。

「……我明白了，我願意相信學長你的假設正確。請繼續說明。」

彩鳥要求說明的態度就像是要打破沙鍋問到底。

焰稍微鬆了口氣，把身子往後靠。

「好了，妳先等一下。準備尚未完成，現在還有時間。所以彩鳥妳也針對遊戲來動動腦吧。」

「我嗎？」

「嗯，這不愧是以神的觀點來製作的遊戲，越考察就會發現越深奧喔。」

話題突然轉到自己身上讓彩鳥感到很困惑。她在學校的成績雖然名列前茅，然而並不擅長這種思考遊戲。彩鳥的風格向來是在符合規矩的情況下盡力做到最好，靠著細碎線索舉一反三是讓她最棘手的分野之一。

話雖如此，被人要求動腦思考就會照辦的認真性格也是她的優點。

那掩著嘴角，和不習慣的手機液晶螢幕奮戰的模樣令人忍不住微笑。

看不下去的焰有點得意地豎起手指。

「那麼，我就給勤勉又率直的學妹一個提示吧。這場遊戲自從開始舉辦之後，並『**不存在任何無關的現象**』。」

「……？意思是說，連颱風造成的災害等也包括在內嗎？」

「不只是那樣。連彌諾陶洛斯的行動，病原菌的病例等等，一切都有其意義……哎呀，真的是製作得很好。所謂的恩賜遊戲，似乎必須以寬廣的視角來俯瞰舞台才有可能破解。到今天為止，我讀了一些過去的遊戲紀錄，真的很有趣喔。是吧，鈴華？」

「嗯……我正在挑戰黑死病的遊戲，你晚點再找我。」

鈴華正踢著腳和遊戲紀錄格鬥。

彩鳥直到這時才終於察覺，他們兩人在這幾天之所以一直勤奮看書，其實是為了補充經驗而在翻找過去的紀錄。

既然這都市具備此等規模，就算保存著各式各樣的遊戲紀錄也不足為奇。

彩鳥一邊有恍然大悟再大悟的感覺，同時重新開始細細考量焰的發言。他們的思考似乎靈活得超乎自己的認知。如果相信焰的假設，看來有必要再次從頭把事件重新調查一遍。

事件的起源「天之牡牛」——二十四號颱風跨越赤道，從南半球朝著北半球北上，再從歐洲通過東南亞沿岸，直直往日本前進。

十二星座的星獸「天之牡牛」應該是在前進路線改往日本那時被召喚出來的吧。兩頭怪牛都直奔西鄉焰居住的東京。

這大概是因為身為恩賜遊戲參加者的西鄉焰住在日本。換句話說，「天之牡牛」被召喚前的目標可能是西歐諸國。

其次，位於事件核心的果然是傳染病吧。人體自不用說，連農作物也會遭到感染的這種傳染病若以長期來看，甚至是損害會超過颱風的大災害。聽說這種傳染病會引起酷似天花的症狀，還會在皮膚留下醜陋傷痕。由於就算治好也會在臉部造成醜陋疤痕，天花在江戶時代還被稱為「註定容貌之病」。

不習慣使用液晶畫面的彩鳥千辛萬苦地繼續閱讀資料，並把視線移往旁邊，開口向焰發問：

「……學長，關於這個傳染病，你了解多少呢？」

「也不怎麼詳細。除了尚未確認成為細菌的粒子體，再加上這不屬於我的專業範圍，所以不清楚正確的狀況……不過也罷，如果那真的是粒子體的派生物，大概是在宿主身上顯現性狀時會導致某種異常，並造成類似皮膚病的症狀吧？」

注意到焰和彩鳥正在考察這次遊戲的鈴華原地放下遊戲紀錄，抬起頭來。

「話說起來，天花這種皮膚病在日本比較有名的是伊達政宗成了獨眼的那個故事吧？年幼的伊達政宗因為變醜的右眼而受到家人和臣子疏遠，生了心病的他決定挖出右眼改變心態！這是很有名的故事，還有被改編成古裝時代劇。」

「鈴……鈴華妳也知道很多事呢。可是天花真的會讓人的容貌出現那麼戲劇性的改變嗎？」

「咦？妳沒有看過嗎？和『註定容貌之病』這個名字相符，會讓病患的外表變化到讓人同情的——」

這時——彩鳥和鈴華都站了起來，像是突然注意到什麼。

同時起身的兩人有點尷尬地看著彼此。

「我知道了！……不過，小彩也同時想通了嗎？好，妳先請！」

「謝……謝謝妳。」

彩鳥尚未習慣鈴華這種誇張的行動。不過機會難得，她的確有想由自己來解開最後謎題的想法。

有點不好意思地「嗯哼」咳了一聲後，彩鳥一口氣推進考察。

「我聽說天花原本是世界性的疾病，世界各地都留有關於這個疾病的傳說，吉爾伽美什史詩裡也有類似的描寫——那麼，彌諾陶洛斯的傳說又如何呢？」

「嗯嗯，例如說？」

「當時天花被視為一種不治之症。王族成員被這病症侵襲，染上皮膚病，容貌也因此大幅改變。面對具有高感染率的這種疾病，如果想保護自身不受侵襲，可以使用什麼原始但確實的手段？例如幽禁到迷宮裡……不……」

彩鳥用力吸了一口氣，聲音因為自己導論出的答案而顫抖。

「是……是這樣嗎……！彌諾陶洛斯並不是被幽禁在迷宮裡，而是以天花患者的身分遭到

隔離吧？」

「嗚喔喔，被全講出來了！不過這樣一來，是不是一切都說得通了？」

彩鳥和鈴華合起雙手，一起開心慶祝。

換言之——這是最後的結論。

身為克里特島的王子，又獲賜祖先名字的「阿斯特里歐斯」。儘管他原本被給予來自祖先，意義還是「星辰與雷光」的絢麗名字，在後世卻被稱為食人種的彌諾陶洛斯。

也就是說，**彌諾陶洛斯**並非先天性的怪物。

而是因為神祕的要素X，才會後天性地被視為怪物。

原因會不會是天花造成的皮膚病——也就是日本俗稱的「註定容貌之病」呢？

然而如果要認定這個解答正確，會留下讓焰無論如何都感到介意的一點。

（我記得……**彌諾陶洛斯**把寶永大學的飼養小屋**吃得亂七八糟**吧？）

那是「Everything Company」和國中部，還有焰隸屬的第三學研這三個單位為了產學合作而一起管理的飼養小屋。

正如前述，那個飼養小屋和星辰粒子體並非完全無關。焰偷偷把其中一隻豬拿來作為粒子體寄生增殖的實驗體。所以**彌諾陶洛斯**說不定是因為什麼理由，才會特地去襲擊醫療用的粒子體。

（根據狀況……或許彌諾陶洛斯已經出現變化。）

這件事到底是吉是凶？還有彌諾陶洛斯這幾天都沒有來襲，此事也讓焰感到介意。差不多該想個對策才行。

當焰即將再度沉入思緒之海時——

鈴華以猛然想到什麼的態度握拳擊掌。

「對了！我完全忘了！」

「……完全忘了？妳忘了什麼？」

「忘了報酬啊！報酬！破解遊戲後，可以獲得某種報酬還是獎品吧？既然要參加這個太陽什麼碗糕的遊戲，我們得先問清楚獎品是什麼！」

我想一定是非常棒的獎品！鈴華豎著食指興奮大叫。

焰一方面以不以為然的眼神望向在這種狀況下還能想到遊戲報酬的鈴華，同時也認同這確實是重要案件。可以在遊戲過程中獲得星辰粒子體相關情報是一回事，要是還有準備除此之外的報酬，自己的幹勁也會因此提昇。

他把手搭在下巴上，以比先前更認真的心態動腦思考。

「也對，報酬很重要，超重要。而且既然我們參加時還要協助女王，是不是也能從他們那邊拿到什麼呢？具體來說如果是金錢方面的報酬那就好了。」

「這句話可不能聽過就算了，學長。剛剛那種講法，很像是在說『Everything Company』

援助的資金不夠用。」

彩鳥露出淘氣笑容如此指責。雖然西鄉焰也明白她並不是認真的，不過他的飼主畢竟正是這位彩鳥大小姐。

他以不會引起彩鳥的不悅，也不會被她抓到破綻趁虛而入的說詞為前言轉圜。

「我當然很感謝『Everything Company』。只是光靠援助，要購買大型電視之類的奢侈品或是讓孤兒院所有人一起去家族旅行，果然還是有困難吧？況且對方又是女王大人，我想她應該願意賞賜我這點工錢。」

「……唔，我明白你的意圖了，但學長如果希望孤兒院所有人能一起去旅行，我起碼會研究一下可行性喔。」

或許是不願意被當成守財奴吧，彩鳥似乎有點不滿地轉開視線。

面對鬧起彆扭的學妹，身為學長學妹的兩人帶著苦笑面面相覷。

「好，拿到口頭承諾了，姊妹（Sister）。回到『CANARIA 寄養之家』之後，我們要來規劃旅行！」

「嗯，真是讓人期待呢，兄弟（Brother）……啊，對了！如果申請通過，小彩妳也一起去吧！」

「我也一起去嗎？」

「嗯，因為根據這次的研究成果，預計可以收到相當高額的金錢支援。所以基於現實考量，我想孤兒院旅行這種程度的享受應該能獲得許可。打倒彌諾陶洛斯之後，我和研究室那邊也請個假，大家一起去地中海觀光應該不錯。」

聽到焰的提案，兩名女性發出歡呼聲。

「喔喔！去地中海不錯耶！可是好像還不到游泳的季節？小彩必須買件新泳裝才行呢！尤其是胸部，這一年來似乎變得很大！」

「等……等一下，鈴華……！」

臉上微微泛紅的彩鳥摀住鈴華的嘴。

鈴華則是自顧自地說著：「我說 you ！趁這個機會買比基尼吧！反正有這麼棒的身材！」

這類調侃她的發言。

當女性組正開心討論時——

砰磅！房門猛然打開，貓耳直直豎起的夏洛洛衝了進來。（註：從上一集開始登場的六傷貓耳少女應是新角色「夏洛洛」，在此更正）

「哈囉～！各位客人醒著嗎！」

「……夏洛姊，妳進房前應該要多點顧慮。」

不知道出了什麼事的三人原本把視線朝向夏洛洛，注意力卻被從她後方出現的另一名少年引走。

統領「Underwood」的少年波羅羅・干達克一看到焰，就滿臉不高興地手扠腰站直。

焰推開臉上的書，撐起身子。

「嗯，看這表情應該是準備好了。」

「沒錯，我已經備好符合你要求的東西，而且是特製品中的特製品，最新型。這次是以試機的名義出借給你，但可絕對別弄壞。」

「真抱歉，全都讓你處理。借用費請找女王要。」

「……這麼恐怖的事情你講得還真輕鬆。」

波羅羅似乎很受不了地呼了一口氣。雖然會讓人覺得他似乎過度畏懼女王，但考量到波羅羅的立場，這或許是不得不的反應吧。

焰從茅草床鋪上起身，把視線轉向鈴華與彩鳥。

——好，反擊的準備工作已經完成。

焰瞪向包圍「Underwood」的「天之牡牛」，穿上外套。

為了升起反擊的狼煙，他帶著彩鳥和鈴華前往大樹的地下工房——精靈列車的車庫。

——同一時刻，大樹北方的廢墟。

怪牛四肢發抖，往前倒在地上。

竄遍全身的痛楚持續折磨著牠，即使擁有怪牛的身體也難以忍受。連精神和靈魂似乎也會受創的激痛讓牠不斷翻來滾去。這是因為怪牛在大樹城市裡被固定式大型弩砲那如雨般落下的箭矢給擊中。貫穿牠全身每一處的大型弩砲應該已經足以致死，然而怪牛雖然會感覺到劇烈疼痛，卻沒有表現出將要喪命的反應。

牠在地上翻滾掙扎，痛到口吐白沫，生命活動依舊沒有出現要停止的跡象。

甚至開始變得更活性化。

全身的肌肉纖維重複收縮、變質、收斂、壓縮的動作，引導怪牛成為其他生物。牠開始害怕自己身體發生的神祕變化。

怪牛只能在依舊不明白發生什麼事的狀況下，倒在地上爬行並發出呻吟。

出自牠嘴裡的怒吼響遍為了藏身而偷偷潛入的廢墟群。遠離城鎮的這片土地等於是無人荒野，也不可能有人類出沒。

「嗚……嘎……啊……！」

怪牛的慘叫聲中參雜著些許的人類語言。儘管嘴裡無限湧出的泡沫和唾液讓聲音很難清晰發出，然而那的確是包含人語的慘叫。然而這些慘叫聲和求助的聲音都不會被任何人聽到，只能在虛空中消失。

因為現在的牠是迷宮的怪牛「彌諾陶洛斯」——記載於希臘神話中的迷宮怪物，把那些被帶進無出口迷宮的少年少女吃掉的異形。

換句話說，牠是食人種。正如字面所示，這些食人種是只能靠吞食擁有人類因子的種族才能夠化解飢餓渴望的種族之總稱。

在這個幻獸和鬼種等各式各樣種族都實際存在的「箱庭世界」中，食人種大概會被歸類於最難以共存的種族之一。同樣會襲擊人類的種族並不在少數，例如從亞特蘭提斯大陸來到此地的幻獸佩利冬，就被認定是會基於本能率先殺死人類的種族——也就是殺人種。此處的確是諸神的箱庭，然而要和這類首先會襲擊智慧生命體的存在一起共存共生，依舊是不可能的事情。即使在這個諸神的箱庭裡，有意拯救食人種的人也很稀少，沒有人會願意去救有可能吃掉自己的對象。目睹這身影的人恐怕會嚇到發抖，然後頭也不回地逃走吧。

因此，目前此地沒有會對「彌諾陶洛斯」伸出援手的存在。

然而侵蝕牠的激痛卻不顧這種情況，繼續促使身體不斷變化。怪牛動員所有應該已經退化的知性，擠出人類的語言。

——救救我。

牠拚死發出的慘叫並沒有被任何人聽見，而是消失於廢墟的夜空中。就算這裡不是廢墟而是人類村莊，恐怕也不會有什麼不同吧。反而只會被獵人當成大好機會，慘遭收拾了事。

如果有誰可以遇上食人怪物卻不逃走……可能同樣是食人種。

或者只有曾經征服比迷宮更可怕的魔窟，身經百戰的冒險者才能辦到。

「……這真是讓人驚訝，沒想到彌諾陶洛斯的傳說裡藏著這樣的真相。」

「嗚！」

沙沙……現場響起踩踏沙土的腳步聲，怪牛因此抬起腦袋。

說話聲來自一個少年。那少年穿著有點太小的不合身長袍——看起來大概是十四歲左右。身高比推測年齡的平均身高還要高上不少，只有殘留著稚氣的五官如實表現出歲數。

少年先前的突然發言有著親切的聲調，還包含了似乎感到意外的情緒。

面對怪牛，出現在廢墟裡的少年並沒有感到畏懼，而是目不轉睛地俯視著牠，像是看什麼看到出神。

怪牛忍耐著劇痛，抬頭回望少年。

少年走近躺在地上的怪牛後，伸出右手碰了碰牠的頭髮，然後對在後方待機的另一名年幼少女——身穿黑色斑點服裝的女孩開口：

「珮絲特（Pest），妳可以暫時麻痺牠的痛覺嗎？」

「……不是不行，但做那種事真的好嗎，仁？」

「再這樣下去，不久之後牠就會因為疼痛發狂。那樣會造成困擾，必須讓牠以正確形式對遊戲破解做出貢獻才行。」

被稱為仁的少年把視線朝向身穿斑點服裝的少女——被稱為黑死病（Pest）的女孩。

珮絲特默默地側了側腦袋，像是想要問清仁的意圖。

「……牠看起來很痛苦，乾脆放牠就這樣死掉不是比較好嗎？」

「所以我說那樣會**造成困擾**。這個彌諾陶洛斯……不，現在的『他』應該要叫作阿斯特里歐斯。看來他似乎是在沒有自覺的狀態下，以不上不下的形式達成了遊戲的破解條件。我想連他本人也不明白現在自己身上發生了什麼事情。」

講完這些話，仁・拉塞爾把手從怪牛——不，「他」身上收了回來。

有聽沒有懂的怪牛繼續以懷疑的眼神瞪著仁。然而，他突然注意到仁剛剛提起的名字。

「阿斯……特里歐斯……？」

「對，那是**你真正的名字**。」

沒錯吧？仁・拉塞爾回以親切的笑容。

即使如此，怪牛還是露出沒弄懂狀況的視線。然而就在仁講出「阿斯特里歐斯」這名字的下一秒——怪牛的身體突然急速收縮，同時也安定下來。

巨大的雙角消失在白髮下，原本是牛蹄的雙腳長出柔軟的五根腳趾。強韌的雙臂變幻成人類的手臂，但同時保留住強大的力量。

珮絲特目瞪口呆地看著怪牛迅速變化的模樣。

仁・拉塞爾點著頭像是很有把握。

過了一段時間後——怪牛「彌諾陶洛斯」變成一個擁有白色頭髮和褐色皮膚的少年。

「嗚……！」

年齡大概是十四五歲吧。看到自己分成五根的手指，白髮褐膚少年的臉上染滿驚訝神色。

那並不是偶蹄類動物的蹄，完完全全是人類的手。

「這是你原本的身體嗎？久違的感覺或許會讓你感到困惑，但首先要道聲恭喜。你終於取回自己的身體和名字(恩賜)了。」

仁・拉塞爾送上衷心的祝福，把原本是「彌諾陶洛斯」的他——阿斯特里歐斯搬到廢墟的牆邊。這應該是仁判斷對方會因為突如其來的變化而暫時無法動彈才做出的體貼行動吧。接著仁拿出水樹的葉子，放進一個木頭杯子裡。

木頭杯子立刻盈滿清水。又餓又渴的阿斯特里歐斯以近似搶奪的動作接過杯子，一口氣喝光裡面的水。於是，他感覺到自己全身都湧上活力。

剛剛一定是處於極限狀態下的變化吧。

要是再晚一點，說不定怪牛會再度墮落成另外一種怪物。

「嗯，首先你可以盡情補給水分，喝夠之後再回答也沒關係……不過，你還記得自己參加的恩賜遊戲嗎？」

仁提出這問題的語氣很和緩。

阿斯特里歐斯解決口渴後把水倒在白髮上，甩了甩頭再看向仁。

「……恩賜遊戲……是在這個箱庭世界舉辦的神魔之遊戲，對吧？嗯，沒問題。雖然記憶有點混亂，但這點知識我還有。」

「很好，那麼這部分就跳過吧。神話裡的你應該是『迷宮的怪物』，現在則是以恩賜遊戲『主辦者』之一的身分參加遊戲，沒錯嗎？」

仁．拉塞爾再度提問像是想要確認，阿斯特里歐斯則點了點頭。

聽到仁的這些發言，原本是「彌諾陶洛斯」的少年回憶起自己的出身。

——迷宮怪物誕生之地，是希臘共和國的地中海——位於該處海域的克里特島。迷宮怪物「彌諾陶洛斯」的傳說，被認為是以那個島的王子為原型。

根據神話，當時治理克里特島的國王向海神借用了一頭美麗的公牛，然而迷上這頭美麗公牛的國王卻違背了和海神之間的契約，拒絕歸還公牛，把牠占為己有。於是大為震怒的海神詛咒克里特島的王妃，誘使王妃愛上這頭牛。

王妃命令國內最優秀的工匠製作出仿造母牛外表的模型後穿上它，讓這段戀情得以開花結

果，並生下一個半人半牛的怪物。

王妃生下的孩子原本被賜予祖先的名字「阿斯特里歐斯」，後來才被改名為「彌諾陶洛斯」。

之後基於國王的詔令，彌諾陶洛斯被幽禁於不可能逃出的迷宮，每隔九年就會吃掉七對被當成活禁品的少年少女。但是後來彌諾陶洛斯被潛入迷宮的英傑忒修斯(Theseus)討伐，傳說也在此落幕。

被幽禁在隔離迷宮裡，被父王賦予畜生之名的可憐怪物。

那就是克里特島的王子。

在希臘文中，意思是星辰與雷光的少年——「阿斯特里歐斯」。

阿斯特里歐斯雖然複述了自己的傳說，卻不由自主地懷疑起自己內心產生的不對勁感。

「這就是我的傳說(Game)……大概是。」

「大概？為什麼只是推定？」

「呃……以知識來說是正確的，不過我卻**欠缺實感**，無法順利找出記憶。」

阿斯特里歐斯能認定自己是「克里特島的王子」。

只要閉上眼睛，就可以輕鬆回想起地中海的藍天與浪濤聲。石造宮殿與似乎會烤焦身子的陽光已經深深烙印在他的靈魂裡。

然而卻少了最關鍵的記憶，也就是在克里特島上生活的那些日子。

儘管他一出生就是怪物，被幽禁應該也是從王子墮落成怪牛彌諾陶洛斯之後的事情。既然像這樣恢復人類外表，卻沒有一丁點以人類身分生活的記憶，未免太不合理。

「原來如此。換句話說，你沒有以前身為人類時的記憶？」

「……我不知道，但是你可以那樣認定也沒關係。基本上我在墮落成怪牛時已經失去知性，如果說記憶消失是後遺症，我也只能接受。原本是怪牛的我在這場遊戲裡被賦予的任務——只有一個。」

「是什麼？」

仁把身體往前探，開口發問。

阿斯特里歐斯沒有立刻回答，而是把身體靠在牆上仰望天空。雖然他應該是以恩賜遊戲主辦者之一的身分受到召喚，不過這次的遊戲對他來說還是有很多謎題。

依然感到半信半疑的他講出烙印在腦海裡的那個任務。

「……『如果想要得救，就去見西鄉焰』。這似乎就是我在這場恩賜遊戲裡該負責的任務。」

怪牛和天牛雙方之所以都特別針對西鄉焰，大概就是因為有這個任務吧。他們都是考驗(Game)的化身，背負著無論如何都要見到西鄉焰的職責。

然而把這句話說出口之後，阿斯特里歐斯露出更加疑惑的表情。大概是他自己實際開了口，卻又越發感到這是個相當難以理解的內容吧。

如果內容是「想要恢復記憶」的話還可以理解。

但是「想要得救」到底是什麼意思？

恩賜遊戲不愧是神魔的遊戲，遊戲內容蠻不講理的例子並不在少數。不過就算是那樣，至少還是能取得最低限的整合性。

活在二〇〇〇年代的西鄉焰和生於古代希臘神話時代的彌諾陶洛斯之間，感覺似乎沒有任何關聯。

只是仁．拉塞爾好像並不這樣認為。或許有什麼想法吧，他帶著嚴肅表情把手搭在下巴上陷入思考，然後對阿斯特里歐斯發問：

「西鄉焰……這是遊戲參加者的名字吧？」

「嗯，我知道的情報只有這樣。」

「是嗎……謝謝你，可以作為參考。那麼，接下來你打算怎麼辦？」

聽到仁的提問，阿斯特里歐斯以銳利的視線回應。

「……只能繼續進行遊戲吧。我不知道這個叫西鄉焰的傢伙是何方神聖，不過遊戲的參加者只有他一個，或許和他見面能成為取回記憶的線索。」

「萬一什麼都沒發生的話？」

「……？那也只要殺了對方就好。」

阿斯特里歐斯若無其事地放出甚至連大氣都會結凍的殺氣，悠哉地站了起來。那無論如何都不是十幾歲的少年可以展現的殺氣。

這氣勢充滿壓力，甚至讓躲在廢墟裡的小鳥飛離，小動物們頭也不回地逃走。儘管已經獲得人類的外型，他的本質還是完全沒變。

怪牛「彌諾陶洛斯」依舊健在。那麼面對敵人，他會做的行動只有一個。

「……你要吃掉西鄉焰嗎？」

「嗯，剛好我也餓了。最後一次進食應該是在幾天前……吃了被人飼養的豬。那個雖然也不錯，但是能合法吃人當然是最好。」

他把水樹的葉子徹底榨乾，然後丟掉木頭杯子。

仁帶著苦笑起身。

「……食人種吃了家畜啊。原來如此，我懂了。這就是**最後的關鍵字**嗎？」

「什麼？」

「沒什麼。好啦，這也是難得有緣。如果你要回去參加遊戲，那麼帶著我的幾個同伴一起去吧。雖然是些有點麻煩的人們，不過應該可以成為你的助力。」

仁說完這句話，周圍突然多出其他人的動靜。

不，只是至今都屏息躲藏的人們終於現身而已吧。阿斯特里歐斯立刻察覺自己四周都遭到包圍，握緊大戰斧。

——躲藏在廢墟裡的人數大概有五人。

阿斯特里歐斯再怎麼說也是傳說中的怪牛。儘管筋疲力竭，但那些人直到先前為止居然都沒讓他察覺出任何動靜，真是令人驚嘆的高手們。

「哼……沒想到你這傢伙如此慎重，是覺得我可能會吃掉你嗎？」

「你不打算吃掉我嗎？」

「當然，就算我是食人種，要是把救命恩人吞下肚再怎麼說也會睡不好。我本來就有意遵守這點程度的禮節……算了，過來吧，『模擬神格·星牛雷霆（Proto Keravnos）』。」

阿斯特里歐斯不高興地轉過身子。

他舉起右手，大戰斧旋轉著飛進他的手中。原本對於十幾歲少年應該過大的戰斧已經縮小到符合他手掌的尺寸。

但是大戰斧迸發出的神威卻沒有衰減，反而綻放著雷光，像是在祝福取回應有之姿的主人。都取回真正名字的雙方應該能展現出怪牛以上的力量吧。

「星辰與雷光之子（阿斯特里歐斯）」把戰斧扛在肩上，瞪著遠方的巨大水樹——「Underwood」。

阿斯特里歐斯並不認為現在的自己需要他人幫忙，然而他必須履行身為考驗主辦者（Game）的義務。記憶方面也只要繼續進行遊戲，說不定就能解決什麼問題。

只要能達成這點，以後就是無緣也沒有虧欠的對手。

少年是為了取回記憶，怪牛是為了解除飢餓。

為了滿足各自的欲望，當他正打算前往大樹的瀑布時——從大樹那方向傳來巨大的地鳴聲。

「地……地震嗎……？」

對於大地搖晃這種災害並不具備抗性的阿斯特里歐斯原地跪下，觀察起周圍的情況。如果這是自然發生的地震，情況有點奇怪。

周遭的小動物既不驚慌也不害怕，這點也讓他產生疑問。

阿斯特里歐斯原本懷疑該不會是眼前叫仁的少年動了什麼手腳……然而仁自己也是半張著嘴，愣愣地望著「Underwood」那邊。

「……咦？真的假的？波羅羅說過的那個計畫……是認真的……？」

「喂！你不要一個人在那邊好像什麼都懂了！如果知道是怎麼回事就快點說明！」

依然跪在晃動大地上的阿斯特里歐斯開口怒吼。不過仁卻保持沉默沒有回答，只是緩緩指向大樹。

下一秒，大樹的根部——噴濺出會讓人誤以為是瀑布的巨大水花。既然從位於遠方的這個廢墟都可以用肉眼辨識，那些水花肯定上升到相當高的位置。

往上竄的水花讓人產生彷彿高達天際的錯覺，然而真正該感到驚嘆的對象並不是這部分。

大樹地下衝出了一個巨型物體，而且龐大到連幾乎占滿整個大河的河道。即使估算得比較保守，寬度大概也有三十公尺吧。

如此巨大的鐵塊開始在大河上往前疾馳。

「那……那玩意兒是什麼東西？是在水上移動的鐵製城堡嗎？該不會是移動堡壘吧？」

這出乎意料的光景讓阿斯特里歐斯不由自主地激動大吼。考量到他出生的時代，大河上的物體確實是夠格被比喻成鐵製城堡的東西。

畢竟那可是全長兩百公尺的鐵塊，無論是誰肯定都會認為是軍事用。

在分歧出許多支流的大河河道中，那東西偏偏衝向這片廢墟。邊前進邊造成氾濫的移動堡壘使得廢墟逐漸遭到河水吞沒。

同樣目瞪口呆的珮絲特在這時猛然回神，抬起頭來看向仁。

「等……等一下，那個鐵塊是不是正朝著這邊過來？」

「好像是呢。」

「還說什麼好像是！不逃會很危險吧！」

珮絲特慌張地拉著仁的袖子，但是因為身高差異，他連動也不動。

仁甚至還把手搭在下巴上，開始觀察起列車。

「可是啊，難得碰上試車，我想在近距離觀看……」

「你是傻瓜嗎！My Master 到底是在什麼時候覺醒了這種自虐興趣！總之我們現在快逃就對了！」

「不行，已經來不及了！」

阿斯特里歐斯大叫後，速度更加提昇的移動堡壘開始磨著大河沿岸往前衝刺。再這樣下去，他們會被土砂和水花形成的彈雨淹沒。

阿斯特里歐斯把大戰斧「模擬神格・星牛雷霆（Proto Keravnos）」刺在地上，利用斧頭的巨大刀刃當成盾牌，自己躲在後面。他原本打算也護住仁和珮絲特，不過有人搶先一步行動。

一道形似老虎的影子往前奔馳，像是要遮蓋住宛如海嘯的大浪。原本大概是躲在暗處的那個影子咬住仁和珮絲特的衣領，開始在虛空中奔跑。

（嗚……怎麼會！那傢伙是從哪裡冒出來的？）

阿斯特里歐斯盡力撐著不被氾濫的河水洪流沖走，卻忍不住因為突然現身的老虎而表現出驚愕反應。他先前已經察覺到另外五人的存在，這個虎影卻是從完全無關的地方驟然出現，這代表對方隨時都可以突襲阿斯特里歐斯。如果他對仁展現出任何一丁點敵意，恐怕已經瞬間被咬死了吧。

只有下半身被河水浸溼的仁把珮絲特重新抱好，然後對著幫助自己的老虎道謝。

「謝謝你，白額虎。要不是有你出面，我已經死了。」

「……既然明知這一點，你也玩得太過火了。再怎麼說你這傢伙也是我等的主人，要懂得多愛惜自己。」

「就說沒問題啊。因為大家都在，我想應該會有哪個人出手救我吧。」

這到底是信賴呢？還是單純的嫌麻煩？

擁有全身純白美麗毛皮的老虎——想來是仙虎那類的老虎飛向安全區域後，以很不以為然的態度回應主人的被動意見。

另一方面，撐過激流的阿斯特里歐斯依舊因為忽然冒出的仙虎而滿心訝異。根據名字，他的靈格應該屬於東方，而且只需看一眼，就能感受到令人寒毛直豎的力量。

（明顯是神獸……不，或者是星獸等級……？）

負責掌管天之區域的高位星獸，由箱庭三大最強種製造出的星造守護獸。即使在這個諸神的箱庭之中，也是或許永遠沒機會見上一次的稀有種。

他們並非毫無理由就會在人類居住區域附近出現的種族。

應該是這名為仁・拉塞爾的少年帶來的同志之一——然而對方看起來完全不像是有能力讓星獸服從的人物。如果雙方真的是主從關係，少年可能持有某種能強制特定種族服從的恩惠。要是他確實擁有那種服從類的恩惠，阿斯特里歐斯也必須提高警覺。

不過仁和仙虎並沒有表現出注意到阿斯特里歐斯焦躁反應的態度，而是望著在大河上遠離而去的移動堡壘。

「嗯，『天之牡牛』也開始移動了，看來參賽者待在那個堡壘裡面。首先採用了要讓『天之牡牛』遠離『Underwood』的策略嗎？」

「應該是。不過這下不妙，他還待在這裡……」

兩人和一隻都瞄了阿斯特里歐斯一眼。

這時阿斯特里歐斯也猛然察覺，萬一參賽者真的待在那個移動堡壘之中，一旦在這裡失去對方蹤跡，自己就再也無計可施。

……好啦，這下該怎麼辦呢？

覺得這下實在很糗的阿斯特里歐斯面帶苦悶表情原地呆站──這時，仁和白額虎下降到他面前開口發問：

「呃……如果你願意，要不要搭他去追？」

「如果你不排斥在途中必須跟我那個囉唆搭檔同乘的話啦。」

「……麻煩你們了。要是追不上那個移動堡壘，我根本沒有任何辦法。」

雖然虧欠可能擁有服從恩惠的對手會帶來風險，但現在無法計較那麼多。首要之務是追上對方。

阿斯特里歐斯取代仁和珮絲特，騎上白額虎的背。

這時，仁以突然想到什麼的態度開口：

「噢，對了。那東西不是堡壘，而且也不是軍事用。我記得武裝方面大概只有弩砲這種程度的東西吧。」

「……啊？那麼那玩意兒到底是什麼？」

阿斯特里歐斯不解地發問。

明明擁有那麼巨大又堅固的造型卻不是用於戰事，大概是這點讓阿斯特里歐斯覺得很奇怪吧。因為那個堡壘看起來甚至可以對抗襲擊箱庭的最恐怖敵人——也就是那些天災。

然而仁卻明確地否定了這個意見，他很清楚那東西製造的目的絕對不是為了戰鬥。

仁帶著苦笑講出鐵製移動堡壘的真面目：

「那是超巨大精靈列車『Sun Thousand號』，預定要成為這次太陽主權戰爭之中樞與營運地的設施……也是我單方面認為是朋友的傢伙所製造出的最高傑作。」

*

——超巨大精靈列車「Sun Thousand號」，第一車掌室。

豪爽的試車動作帶給車內和誇張後果成正比的衝擊。

畢竟出發時濺起甚至能吞沒建築物的巨大水花。為了對應衝擊和接二連三發生的問題，獸人車掌們忙碌地來回東奔西走。

其中有一隻穿著長靴，嗓門特別大的三毛貓。

牠似乎是車掌之一——大概是怪貓之類吧。

短短的尾巴在尾端分岔成兩根，還可以用後腳走來走去。

三毛貓車掌一邊用關西腔激勵精靈驅動引擎裡的小小群體精靈們，一邊用後腳跳來跳去並大吼大叫：

「不行不行，速度太快啦小不點們！速度這麼快會沒辦法進入靈脈（Ley line）！快點放慢速度！放慢一點！」

「才不放慢～！」

「沒辦法放慢～！」

「放慢就會被抓到～！」

呀啊♪——穿著紅色斗篷的炎之群體精靈們從猛烈燃燒的爐心裡探出腦袋，開始吱吱喳喳。大概是因為她們這些炎之群體精靈擁有開朗的性格，看起來有點像是在胡鬧。同樣從成山煤炭堆裡探出頭的地精——帽子有兩個尖端的精靈指著窗外大叫：

「牛！牛從空中來了！梅露露們要逃！沒辦法放慢速度！」

「好了！不需要詳細說明我也知道！不過謝謝妳啊，二號！」

唰！三毛貓車掌豎起爪子。

牠已經掌握狀況，卻找不出改善的方法。

「不過這下傷腦筋啦。如果維持現在的速度，不就沒辦法進行靈脈的超加速嗎？只能一直沿著大河和地表附近往前跑……」

「不，那樣就行！放膽往前衝吧，三毛貓！」

在亂成一團的引擎室裡響起波羅羅的聲音，身為頭領的他很少會來到在前端車廂中最充滿煤煙的這間引擎室。

三毛貓慌忙做出敬禮動作。

「可是啊第二代，再這樣下去我們會被牛畜生襲擊！萬一碰上『Sun Thousand號』可能被破壞的狀況該怎麼辦？」

三毛貓車掌雖然著急，還是說明了狀況重點。

同行的西鄉焰很想詳細觀察精靈列車的動力爐以及穿長靴用後腳走路的三毛貓，但還是強行壓抑住這種心情，也跟著向波羅羅發問：

「波羅羅，我也和那位……呃，那位貓車掌先生相同意見。順利把『天之牡牛』從『Underwood』引開是很好，但是再這樣下去應該不妙吧？」

「哼！要是認為這列車跟一般列車相同那我可無法接受！這輛精靈列車的車身，可是全體有百分之四十採用『金剛鐵（Adamantium）』的特別製品！不會因為一點襲擊而壞掉！就這樣繼續提昇速度往前衝！」

「了……了解，第二代！」

波羅羅以興奮態度開口激勵，三毛貓車掌則慌張地投入煤炭。

動力爐裡的精靈們咬住被丟進去的煤炭後，立刻讓煤炭起火燃燒提昇火勢。

焰充滿興趣地觀察眼前光景，忍不住開口發問：

「波羅羅，雖然我自己也覺得不可能，但這輛巨大列車難道是使用蒸氣機？」

「怎麼可能是那樣，那種方式的能量轉換效率太差。是在各動力部位另行設置其他群體精靈的巢，再利用相互交換來轉換成動力。」

「……啥？咦？所以說是怎樣？燃燒得到的能量可以透過其他精靈來分享出去嗎？換句話說燃燒能量的轉換率是百分之一百？」

「大概是吧？我是不清楚詳情啦……你問本人不就得了，怎麼樣啊？小不點們。」

「我們不是小不點～！」

「也不是百分之百～！」

「但差不多是那樣～！」

——真的假的？焰不由得在內心喃喃感嘆。看樣子所謂的諸神箱庭果然非同一般。他修正自己的觀念，認為這世界搞不好是一座寶山。

話雖如此，焰也沒有狠心到能去解剖那些可愛精靈。道德的問題和倫理的高牆是嚴重障礙……不過要是有機會，他還是會請她們給一點表皮或體毛。

「雖然有很多事情想吐嘈，但總之我懂了，把話題轉回來吧。我們要先逃到安全地帶，然後該怎麼辦？」

「只要把那東西從『Underwood』引開，就可以放慢速度乘上靈脈然後進行超加速。等爭取到時間之後，再慢慢思考作戰就行了。」

聽到波羅羅的意見，焰皺起眉頭。他口中提到的時間，大概是指破解遊戲的期限。然而焰他們的期限不同，一行人有無論如何都必須回去的原因。

尤其彩鳥的問題很嚴重。焰和鈴華這兩人還有十六夜會幫忙掩飾，但是關於彩鳥，事態想必很緊急。畢竟她是「Everything Company」的大小姐，目前可能已經演變成重大問題。

焰拿出手機，似乎有點後悔地瞪著螢幕。

「當初掛斷電話真是個錯誤行動，至少該交代十六哥聯絡頗哩提小姐。我現在很想找到他……波羅羅，你有辦法嗎？」

「那種事只要拜託女王就能解決。」

「拜託女王？能辦到是最好……但是要怎麼做？」

「在這輛精靈列車上有一間也可作為貴賓室的謁見室，只要去那裡就行。」

焰這下真的吃了一驚，他沒想到巨大列車上居然會有女王專用的謁見室。

「雖說製造出這輛『Sun Thousand 號』的人是我等的共同體『六傷』，不過所有權卻是掌握在女王手上。如果這場遊戲被視為太陽主權戰爭的預賽，那麼不管怎麼樣，你最好再去請教一下女王。畢竟正賽的恩賜遊戲和過去的遊戲規則有點不同。」

「……是那樣嗎？」

「就是那樣。從這次起，除了『主辦者』和『參賽者』以外，還加上了新的——」

「襲……襲擊！襲擊！」

「要受到襲擊了！」

「小心落雷！大家快抓住東西！」

兩人正在對話，稚氣的聲音和活潑的聲音一起在列車中響起。

下一秒後雷聲大作，雷光閃爍。從天空落下的閃電精準地擊中精靈列車，絕不會放過獵物的積雨雲一邊蠢動一邊逼近。

具備意志的暴風雨翻滾形成漩渦，外形逐漸轉變成一隻偶蹄類動物。

「天之牡牛」釋放雷光，並發出足以震撼天空的怒吼。

「GEEEEYAAAAaaaaa——！」

巨大野獸以蹄踩踏天空，往前疾馳。在肉眼能辨識的範圍內，已經連要正確估算出對方到底擁有多誇張的巨大身軀都有困難。

對方把閃電轉變成尖銳的牛角，讓高密度的積雨雲形成全身，以隨時能毀天滅地的氣勢逼近。

「嗚……！」

受到雷雨和狂風襲擊，精靈列車的車廂內劇烈搖晃。沒能撐住的焰因此跌倒在地。

然而就算大河因為風雨而氾濫，大地因為閃電而被破壞，精靈列車卻沒有要出軌的跡象。車身確實劇烈搖晃，但也只是這樣。

精靈列車和外界的列車不同，並非是靠電線提供動力。想讓這樣的精靈列車停下，只能破壞列車本身或是拆掉軌道。不過現在的精靈列車卻能繼續讓車輪確實行駛於大地與大河之上，沿著規律的路線前進，讓人不由得產生一種錯覺，以為自然界裡是不是鋪設了看不見的軌道。

焰因為劇烈晃動的衝擊而跌倒撞到頭，但他現在沒空管這些。

普通列車光是行駛就會造成乘客難以站穩，可是精靈列車即使受到雷雨直擊也只是劇烈搖晃。

繼續正常前進的精靈列車讓焰驚訝得連連眨眼。

「真……真了不起，剛剛那場雨可是打下了我從沒聽過的猛烈雷鳴耶。」

「哼哼，這點小事就驚訝還太早。這列車真正的力量可不只這樣，只要能進入靈脈，一切就隨便我們了。我的計畫是接下來要一直線衝往彌諾陶洛斯的迷宮。」

跌倒後呈現頭下腳上姿勢的波羅羅得意地說明精靈列車的性能。畢竟自己的共同體製造出能抵擋星獸連續攻擊的恩惠，也難怪身為首領的他想好好誇耀一番。

之後波羅羅站了起來，在依舊晃個不停的精靈列車裡抓緊扶手後，以突然想到的態度開口：

「好了，你快點趁現在去見女王。因為那個人好奇心旺盛，我想她現在應該擅自占領了貴賓室或謁見室，正在遊山玩水吧。」

「我知道了，真不好意思什麼事情都麻煩你，我一定會以某種形式來報答。」

「別在意，因為我欠了十六夜大爺一堆債。既然是他的家人，就等於是我們的家人，你可以放輕鬆點。」

波羅羅隨便揮了揮手，目送焰離開。

居然可以輕易出借如此巨大的精靈列車，實在是個慷慨的少年。或者是他虧欠十六夜的人情真的龐大至此嗎？

不管怎麼樣，目前確實是獲得了一時的空檔。

焰抓著扶手往其他車廂移動。

在抱著安穩心態的焰和波羅羅不知道的地方，正有其他威脅逐步逼近。

第四章 Last Embryo

——「Sun Thousand號」，最後一節車廂。

最後一節車廂是車掌們居住的地方。今天只是試車，一旦正式啟用，將會展開一場跨越數年的長程旅途。

要讓內部設置貴賓車廂、寢室車廂、遊戲車廂還有舉辦舞會的車廂等各式設施的「Sun Thousand號」上路行駛，自然會有很多車掌移居到車上。

但是，當然不只如此。

負責殿後的最後一節車廂裡儲存著用來因應襲擊者的武器和恩惠。已經安排好在發生緊急狀態時，車掌和戰士們會在這裡進行戰鬥準備並迎擊外敵。

而目前正遭受「天之牡牛」襲擊的「Sun Thousand號」最後一節車廂中——卻為了要對應「天之牡牛」以外的威脅而開始忙碌奔走。

負責共同體「六傷」戰鬥部門的夏洛洛・干達克收到來自監視精靈「拉普拉斯小惡魔」，通稱拉普子Ⅸ的緊急通知。

頭戴特製車掌帽的夏洛洛把愛用的三叉槍扛在肩上，臉上閃過緊張神色。

「妳說有『天之牡牛』以外的襲擊者……？是哪裡來的好事傢伙啊，拉普子Ⅸ？」

「距離還遠所以無法確定，只知道是老虎型幻獸與一名騎乘者。對方正以非常驚人的速度接近。」

聽完這句話，夏洛洛換上嚴肅的表情。

「哼哼，是未知的敵人嗎？居然在天下第一的『六傷』製造的最高傑作『Sun Thousand 號』試車時發動襲擊，實在是不法之徒！『六傷』主戰力立刻開始準備迎擊！」

「準備迎擊～！」

「開始裝箭～！」

「備好升降機～！」

呀啊♪群體精靈們似乎很開心地跑來跑去，「六傷」的戰士們則面帶緊張表情動手備戰。

夏洛洛重新穿好護胸和手套後，偷偷對拉普子Ⅸ發問：

「……所以，敵人大概有多強？光靠我們有辦法對付嗎？」

「正常對戰的話或許很難打贏，更何況還有這場暴風雨攪亂。對方只需一眼就看得出是高位的幻獸……甚至可能是神獸等級。」

「嗚啊！真的假的！那麼還必須考量到騎乘者是魔王的可能性，否則不妙吧！」

夏洛洛冒著冷汗，握緊三叉槍顯得更加緊張。原本列車就已經遭到「天之牡牛」這個強大星獸的攻擊，萬一再受到魔王夾擊，根本是糟糕透頂的發展。
另一方面，基於安全考量而一起來到最後一節車廂的彩里鈴華剛聽到「魔王」這個名詞，立刻睜大雙眼表示驚訝。
「等……等一下！妳剛剛提到魔王？箱庭裡連那種東西都有嗎？」
鈴華的眼裡帶著一點興奮光彩，彩鳥則因為有個好奇心旺盛的學姊而露出似乎很為難的苦笑。聽到魔王一詞後，鈴華不但沒有表現出畏懼，反而激動得似乎想衝去參觀。
黑兔代替被鈴華這激動反應嚇住的夏洛洛，跳出來豎著兔耳說明：
「ＹＥＳ！魔王並非賦予個人的名稱，而是那些橫行箱庭的最強天災之總稱！他們每一個都是擁有強大的恩惠，蘊蓄的能力甚至大到有時能改變一國，或是一整個時代的存在！」
「哦？哦哦？聽起來很厲害！不過因為規模太大，好像反而欠缺實感！」
「嗯，以外界的人來講，妳那樣是正常反應。老實說，召喚鈴華小姐等人的女王也是魔王之一，拜託你們可千萬別冒失得罪她……不過啊，如果追兵真的是魔王，我們根本無法應付，也找不出任何辦法。」
夏洛洛抓著貓耳後方，似乎很困擾地如此回答。
然而也不能隨便放棄，她隨即雙手抱胸，開始思索方案。
「話雖如此，只要能進入靈脈，就算是我們逃出了一場勝利！因為要追上超加速的精靈列車是絕對不可能的事情，所以重點是只要爭取到時間就行！」

「……原來如此，那麼是要用那些弩砲反擊嗎？」

「啊～不行不行。就算把弩砲 Ballista 升上車頂，但外面可是狂風暴雨喔。說不定會被落雷擊中，而且基本上，要直直射中對方應該是不可能的事情吧？」

精靈列車的車頂裝甲有幾處可以開闔的地方，能夠讓弩砲 Ballista 從那裡上升並設置於車頂上。弩砲 Ballista 被賦予了幾乎必中的恩惠，所以射出的箭矢是只要有瞄準就會自動追擊敵人的魔彈。除非對象把箭矢打落，或是風雨實在太激烈並影響到箭速，否則不會射偏。然而處於這種視線受到雷雨干擾，連瞄準都有困難的狀況下，要充分發揮其性能應該是件難事。

看到兩人想不到好辦法而陷入沉默，黑兔伸直兔耳提供建議：

「夏洛洛大人，敵人顯然是不法之徒。不能直接發動『六傷』持有的『主辦者權限』——『Der gestiefelte Kater』嗎？」

「嗯～……現在辦不到。我不能說明詳情，但那個必須在可以和敵人對話的距離內才有意義。」

「……那麼要不要先靜觀其變等敵人闖入列車，然後在車廂內迎擊？」

聽到拉普子Ⅸ的提議，眾人都覺得這是最安全保守的辦法。

要是能爭取時間自然是最好，但是放在列車上的弩砲 Ballista 只有二十五台，若想布下火線，這點數量實在讓人不安。那麼還不如事先做好伏擊的準備，在敵人一闖入時就給個下馬威，這種做法才符合王道吧。

儘管車廂內會受到破壞，然而目前畢竟處於這種狀況，實在是逼不得已。

既然擁有地利，面對比自己強大的對手，奇襲是有效的戰法。

夏洛洛拍了拍手，集中所有人的注意力。

「好了，各位！立刻準備迎擊吧！啟動列車內的所有陷阱，還要移動各自的行李！如果對手真的是魔王，會在衝進靈脈前捨棄最後一節車廂！所以搬完最低限的行李和貨物後，就著手準備——」

「請等一下。」

這時，彩鳥輕輕舉起手，像是想打斷夏洛洛的命令。

聽到意外人物的發言，夏洛洛豎著貓耳回頭。

「嗯？怎麼了，波霸女孩？妳有什麼好主意嗎？」

「是的，關於弩砲 Ballista 的運用，我有一個提案。總而言之，問題就是在現狀下沒辦法確實擊中對手吧？」

「ＹＥＳ！但是我等並不具備能在這種暴風雨中讓箭矢命中敵人的本領……如果有那種高手在場的話，倒是可以另當別論。」

黑兔說出略帶試探的回應，把視線移到彩鳥身上。這是因為黑兔懷疑她和某位女性是同一人。如果久藤彩鳥真的是黑兔很熟悉的那個人，即使身處這樣的狂風暴雨，想必也能精準地射穿敵人的頭蓋骨吧。

然而彩鳥卻以似乎完全沒注意到黑兔意圖的態度搖了搖頭，轉身面對鈴華。

「鈴華，看來輪到妳上場了。」

「我？但是我不會用那麼巨大的東西啊？」

「沒問題，我不是要妳射擊。鈴華妳不需要成為射手——**只要化身為砲台本身就行了**。」

——咦？所有人冒出的問號填滿了整個車廂。

尤其鈴華的反應更是誇張。

本性認真的她按照彩鳥所說，試著想像「成為砲台的彩里鈴華」，最後卻露出一種別有特色的扭曲表情，雙手抱胸還嘟囔個不停。看她嘴巴一張一合的模樣，肯定是想像到什麼非常有趣的畫面。

臉上依然略帶愉快微笑的彩鳥回頭面向眾人。

「沒有必要考慮得太過複雜。畢竟這策略只是一個外界小丫頭的戲言而已，頂多有或許值得一試的價值。所以我想各位不需要完全依賴這個策略，而是同時進行兩個對策會比較好。」

「……ＯＫ，那麼這事就拜託妳了！我們『六傷』會開始準備迎擊，妳需要多少人都可以帶走！」

「謝謝妳，夏洛洛小姐——對了，黑兔小姐請去幫忙夏洛洛小姐，我這裡只要有幾個人手和鈴華就沒問題了。」

「是……是那樣嗎？不過只有您兩位和幾個人，萬一發生緊急狀況恐怕難以處理……」

「不，沒問題。」

黑兔敗給彩鳥那柔和卻不容分說的笑容，只能垂下兔耳。看樣子她已經引起對方的戒心，如此一來，彩鳥大概不會隨便讓黑兔抓到破綻吧。

所以她只能無可奈何地收手，在車廂內加入迎擊部隊。

*

在「Sun Thousand 號」內正在兩個作戰並進時——身為襲擊者的阿斯特里歐斯和白額虎也確實地逼近精靈列車。跨坐在仙虎背上的怪牛阿斯特里歐斯肩上扛著巨大戰斧，窺探適合發動攻擊的機會。

不過他們並非是因為心懷警戒所以不靠近精靈列車。

而是因為據說會在半路會合的另一個人遲遲沒有現身。

阿斯特里歐斯像是已經失去耐性，齜牙咧嘴地質問白額虎：

「喂，叫白額虎的，你的同伴還不來會合嗎？」

「抱歉，那是個做事看心情又隨便的丫頭，我想她很快會到……」

「這句話我已經聽三遍了，你該不會以為我只有畜生的智商吧？」

唔……白額虎一時語塞。阿斯特里歐斯進一步戳著他的腹部，要求白額虎往前進。

「要是就這樣被對方逃了，我可吞不下這口氣。況且基本上，你們的目的是要讓我可以正常進行遊戲吧？別再囉唆些有的沒的，快把我送過去！要不然就是去擋下那個鐵製城堡！」

「……實在沒辦法，之後再聽那小丫頭抱怨吧。」

白額虎輕輕嘆了口氣，這模樣看起來似乎很欠缺原本該具備的威嚴——然而下一瞬間，這評價被完全推翻。

踏出去的前腳才剛纏上大氣，星獸的奔跑速度突然發生劇烈變化。

原本遮蔽視線的雷雨偏移，像是要避開仙虎的身體；暴風轉為順風，開始從後方推著他們前進。突如其來的加速讓阿斯特里歐斯不由自主地上半身往後倒，不過他立刻用力伸出爪子緊抓住白色毛皮，並用雙腳夾緊仙虎的身體。

雖然阿斯特里歐斯差一點摔下去，不過如果是常人，從一開始就無法承受加速帶來的衝擊。

據說——希臘神群的獅鷲獸為了讓騎師不會在加速時受到傷害，會操縱流體來保護騎師。這是因為獅鷲獸這種幻獸被創造出來的理由是「牽引戰車」以及「守護諸神的寶物」。要是自身的加速會殺死戰車的搭乘者，根本沒有資格成為騎獸吧。

然而這隻純白的仙虎不同。

他原本就不具備要讓人搭乘在自己背上的概念。剛才的加速別說是搭乘者，甚至危險到連周圍生物的性命也會一併遭到剝奪。

實際上，他的加速突破風雨，對精靈列車造成衝擊。

側面受到衝擊的精靈列車劇烈晃動，稍微偏離大河的河道。這時，白額虎發現精靈列車原來是行駛在靈脈的表面上。

他拉開一小段距離，壓低聲音嘀咕道：

「……唔，不太妙呢，怪牛。看來這座鐵製城堡是用『金剛鐵（Adamantium）』製成，而且還行駛在靈脈上，獲得加護。光靠半吊子的力量，別說破壞，連想讓它停下來都辦不到。」

「這真是……沒想到居然拿希臘的至寶來建造城堡，看來箱庭裡有些剛毅之人呢。連星獸也只能舉手投降嗎？」

「儘管不甘心，但只能闖進內部。我想哪個地方應該有出入口，或者也可以使出直接砍壞外牆的手段。雖說這玩意兒使用了金剛鐵，只要靠你的戰斧，想來能夠破壞。依我看，你那把戰斧……是宙斯的雷霆之**原型（Proto Keravnos）**吧？」

白額虎指著「模擬神格．星牛雷霆」如此說道。看他語氣充滿確信的態度，明白否定也沒有意義的阿斯特里歐斯聳了聳肩。

原本阿斯特里歐斯使用的雙刃斧之正式名稱是「Labrys」——也就是相當於「迷宮（Labyrinth）」語源的恩惠，和「Keravnos」是不同的武器。儘管「Labrys」也是非常強大的恩惠，但是太陽主權具體成型的這把「Keravnos」卻凌駕於「Labrys」之上。

因為被作為金牛座主權授予的這把雙刃斧擁有的力量，相當於西歐、北歐，以及東方諸多神靈的原型神器。

在過去，雙刃斧的雙刃被譬喻成最神聖動物之一的牛之雙角，也經常被當作天空支配者之權能的象徵。

在西歐是宙斯的雷霆。

在北歐是索爾(Thor)的戰鎚。

在東方則是因陀羅的金剛杵。

用兩端攻擊敵人的強力造型被視為是主神或軍神的武器，換言之也就是「最強的證明」。因此這把斧頭被授予了在十二星座中擁有最強破壞力的權能。

就算對象是等同於諸神武器的金剛鐵製堡壘，也有可能只用一擊就劈成兩半吧。面對解放所有力量的「Keravnos」，恐怕只有獲得十二星座加護的最堅固之盾——山羊座的埃癸斯神盾那種等級的東西才有可能撐住。

「哼……該說不愧是星獸嗎？但是你的推測可不只是有些小看，仙虎。我一旦認真揮動『模擬神格·星牛雷霆(Proto Keravnos)』，那麼方圓百里內的一切——直到地平線的盡頭都會化為灰燼吧。就算我本身無意造成那種後果也一樣。」

「哦哦？意思是你不喜歡無益的破壞？明明被稱為怪牛，倒是相當寬大呢。居然會顧慮到周圍的損害，簡直像是高潔的武人。」

白額虎的語氣帶著揶揄。

他只是想開開玩笑，沒有更進一步的意思，卻引發出乎意料的反應。

阿斯特里歐斯張口結舌，眼神不斷亂飄，接著戰戰兢兢地壓住嘴巴，滿臉苦悶神色。原本默默看著白額虎的他移動視線瞪向掌心，像是在仔細思量自己到底是什麼人。

「……也對，沒錯，你說得對。我究竟在說什麼？就算民眾遭到波及，也跟身為怪牛的我無關，剛才那些並不是彌諾陶洛斯該說的話……不……」

阿斯特里歐斯閉上嘴，似乎想要深入斟酌自身發言。

基本上，所謂的怪物是指擁有意向性的災害。

之前提過的佩利冬正是合適的例子。

佩利冬是基於「殺人」這種本能與理由而存在，而不是基於「為了生存而要殺死其他生物」。然而他們如果要享受生命，其實根本──**沒有必要殺人**。若問殺人種不殺人是否還能活下去，毫無疑問會得到肯定的答案。

關於這點，也可以套用到彌諾陶洛斯身上。

身為迷宮怪物的彌諾陶洛斯雖然是食人種，但也絕對不是不吃人就無法生存的種族。

考慮到生存所需的必要營養價值，反而可以斷定那是效率較差的做法。

即使如此，彌諾陶洛斯依然做出吃人犯行的原因──大概是因為「吃掉擁有靈魂的生命體」的冒瀆行為具備怪物性，而牠擁有的靈格正是依附在這種怪物性之上吧。

「──對，我沒有錯。彌諾陶洛斯並不是殺人種，而是食人種，所以不應該做出與食人無關的殺人行為……別講那種會讓人混淆的言論，仙虎。**我根本沒有弄錯任何事。**」

阿斯特里歐斯憤憤地責備白額虎。

白額虎雖然看穿了他那近似苦惱的想法與已經扭曲的合理性，依舊不帶感慨地表達歉意。

「是嗎，那真是失禮了。你的確沒有弄錯，我以後會避免隨便多管閒事……那麼，接下來要怎麼辦？維持現狀可難以入侵喔？」

兩人回歸正題，目前的問題是該如何攻入眼前的巨大移動堡壘。

精靈列車仍然受到「天之牡牛」的猛烈攻擊，速度卻沒有放慢。雖說若和星獸的奔馳相比，這速度根本不足掛齒，然而無法確定對方還藏著什麼樣的王牌。兩人都想避免因為掉以輕心而遭到反擊或是放走對方的醜態。

阿斯特里歐斯自身不願使用模擬雷霆的必殺一擊，臉上卻掛著似乎還有勝算的無畏笑容。

「關於這事，我有個想法。」

「哦？願聞其詳。」

「總而言之，我只要以彌諾陶洛斯的身分舉辦正常的遊戲，和那些傢伙戰鬥就行。所以你不覺得就算我們沒有進去，乾脆讓對方自己出來會比較快嗎？」

阿斯特里歐斯露出殘虐的笑容。以白額虎來說，如果那種情況能實現當然是正合己意，因此他以視線反問要怎麼做。

於是阿斯特里歐斯從懷中拿出一把小型的祭祀用雙刃斧。

白額虎立刻看出那是強大的恩惠——不過，他突然踏著大氣遠離精靈列車。

不知道發生什麼事但還是做出反應的阿斯特里歐斯也隨即掌握事態。

精靈列車的車頂裝甲開啟，出現弩砲。

「對方要攻擊了！快做好準備，怪牛！」

聽到白額虎的警告，阿斯特里歐斯做出備戰動作。如果這玩意兒的性能和之前遇過的弩砲相同，那麼就算避開，箭矢肯定也會繼續追擊。

除非事先做好必須擊落所有箭矢的心理準備，否則難以應付。

阿斯特里歐斯用單手拿著雙刃斧，另一隻手抓緊白額虎的毛皮，擺出應戰動作。

響起大概是用來下令同時掃射的銅鑼聲後，弩砲的箭矢突破風雨被射向這邊。總共有十二發，但是直直飛來的卻只有三箭。這種水準，要打落根本是輕而易舉。

即使立刻再度裝好箭矢射擊，其中以直線前進的比率卻跟剛才大同小異，實在讓人看不下去。知道對方憑這種程度的戰鬥力就來挑戰自己，阿斯特里歐斯已經顧不得生氣，反而覺得傻眼。

只有裝填、射擊的速度值得稱讚，這種表現根本和外行人沒兩樣。

隨手打掉弩砲的箭矢後，阿斯特里歐斯立刻分析出敵人的戰力和狀況，開口鼓舞自己。

「在這場雷雨中使用弩砲攻擊真是失敗的選擇！這種水準的技術，就算要幸運打中我都不可能！你們就反省著自己的不成熟，然後成為 Keravnos 的斧下亡魂吧！」

阿斯特里歐斯踢了一下白額虎的腹部，指示他靠近弩砲。既然車頂出現了弩砲，就代表那裡有開闔用的門扉與升降機。

白額虎立刻理解阿斯特里歐斯的意圖，衝向在車頂出現的弩砲。憑他的強大腳力，要破壞弩砲並殺死射手根本是一眨眼的事情。

以聲音都被拋下，暴風都被追過的迅速腳步接近敵人後，白額虎露出利牙襲擊弩砲。然而他的牙齒——只是很無奈地撕裂虛空。

「唔？弩砲消失了……！」

沒錯，消失了。

——整台弩砲**完全消失**。先前負責發射第一箭的弩砲就像是變了什麼戲法，沒有留下任何痕跡。

連同射手也一起煙消雲散。

這突如其來的狀況讓白額虎沒能煞住，他開始在車頂上滑行。

畢竟車頂已被雨水淋濕，再加上爪子也沒辦法卡進金剛鐵製的裝甲。無法停下的白額虎用後腳踩踏大氣後才好不容易停止，然而現在他不應該這樣做。

阿斯特里歐斯踢著白額虎的腹部大叫：

「別停下來！**我們被包圍了！**」

聽到阿斯特里歐斯的斥責聲，白額虎才總算注意到。

不知不覺之間，最初那九發應該飛往偏離方向的箭矢已經從四方圍住了他們。雖然無法確定那些箭矢是靠著什麼樣的軌道回到此處，但除非是具備了近乎必中的恩惠，否則不可能讓他們陷入這種狀況。

阿斯特里歐斯和白額虎反射性地打落四發弩砲箭矢，然後閃開剩下五發。接著和轉換方向的箭矢拉開距離，調整成能從正面迎戰的姿勢後，將所有箭矢全數擊落。

箭矢的速度本身對白額虎和阿斯特里歐斯都無法造成威脅，但追擊性能是個麻煩，數量更是最棘手的問題。再加上和通常的箭鏃不同，弩砲的箭矢粗重巨大，只要被直接擊中一次，必定會受到重傷。

（……不，該追究的重點不是這部分。基本上，一開始就射偏的弩砲箭矢應該沒有發動追擊而是飛遠了才對。）

儘管也有能無條件發動必中追擊的恩惠，然而那麼強大的恩惠不可能大量製造。明明最初並未確實瞄準，卻還能鎖定對象攻擊更是不可能的事情。

還有，先前弩砲消失的狀況也讓他感到在意。畢竟天上還有蠢蠢欲動的「天之牡牛」，在這種狂風暴雨中把弩砲升上車頂是一種愚笨的作戰。

毫無疑問，敵人的恩惠有什麼機關。

然而阿斯特里歐斯沒有時間解開這個謎題，因為車頂出現無數的弩砲和射手。

與先前不同，現在雙方距離相近，即使在暴風雨中，要瞄準也不是難事。敵人才剛現身，立刻全面展開射擊。

白額虎提升高度，從上空迎擊弩砲箭矢。

這次的弩砲並沒有立刻消失，而是射出無數箭矢，打算靠著迅速發射和大量攻擊來一口氣解決他們。原本沒有可能被推翻的不利戰況，逐漸演變成雙方的拉鋸戰。

＊

——「Sun Thousand 號」，列車最後方的武器庫。

久藤彩鳥規劃的戰術獲得了超乎想像的成功。

車廂內一整排的弩砲依舊對著虛空，隨著號令不斷射擊。然而車體並沒有被弩砲的箭矢貫穿。

原因就是——擁有「物體轉移（Apport & Asport）」的彩里鈴華站在弩砲的角落，舉起右手把被弩砲發射的箭矢轉移出去，送往敵人面前。

「好厲害！鈴華好厲害！」

「弩砲消失了！箭矢也消失了！」

呀啊♪群體精靈們邊大叫邊跳來跳去。

彩鳥肩上的拉普子Ⅸ也很佩服地連連點頭。

「真……真是驚人，居然可以不必用手直接碰觸就進行空間轉移！我過去曾經見識過許多轉移，但是能夠不接觸對象就轉移的人應該只有馬克士威妖一個。」

「嗯，雖然好像有幾個條件，不過這是極為強大的轉移能力。」

只是，彩鳥也沒想到能配合得如此完美。

彩里鈴華的恩惠——「物體轉移（Apport & Asport）」最特殊的地方有兩點。

一、「能夠轉移沒有直接碰觸到的物體」。

二、「轉移後的物體不會失去動能」。

只要朝著敵人轉移弩砲箭矢這類遠距離攻擊武器，不管是想包圍對方還是要針對死角攻擊都不是難事。不需耗費功夫搬運弩砲，也不會在使用升降機時出現破綻，可以安全撤退。

鈴華這個「位於右手延長線上的東西」可以被「自由轉移到左手延長線上」的恩惠，在轉移系的恩惠中也具備非凡的戰術性。而彩鳥告知鈴華的作戰計畫，是要她「利用『物體轉移』來移動遠距離攻擊武器，發動多角度的攻擊」。

這就是車頂那一場攻防的真相。

只要對象位於延伸出去的直線上，甚至可以干涉飛行物體和封閉空間，可說是一種犯規能力。與其靠個人能力來活用，彩里鈴華獲得的這個恩惠更擅長對應集團戰鬥。

「不過現狀應該算是頂多只能爭取時間吧。真希望現在手邊有『Perseus』的隱身恩惠，就可以借給她了。」

「這是一個非常棒的提案，如果有下次機會，請務必考慮一下可行性。」

如果隱身和遠方轉移這兩種恩惠能夠配合，肯定會創造出一個無敵的參賽者。

進入拉鋸戰後，鈴華為了確認狀況而瞬間轉移到遙遠上空，接著立刻回來。她甩了甩稍微被淋溼的頭髮，握起拳頭報告戰況。

「好厲害好厲害！現在真的演變成小彩預言的發展了！」

「不，真正厲害的人是鈴華喔。我只提了一次作戰計畫，沒想到妳居然能完美執行。」

彩鳥臉上露出半是佩服，半是訝異的苦笑。

「但是鈴華，為什麼妳沒有在第一波攻擊時就直取要害呢？憑妳的恩惠，應該能夠殺對方一個出其不意吧？」

「是做得到啦……不過我覺得一開始故意展現出一點失敗，說不定可以讓對方掉以輕心並衝過來。妳也知道我這恩惠的有效範圍最多只有一百二十公尺，要是被對方逃走，那不是很傷腦筋嗎？所以我想讓對方主動靠近會比較好。」

這就是所謂的女性力量！鈴華得意地豎起食指。

儘管她的發言完全歪題，彩鳥卻覺得宛如醍醐灌頂。她向來認定靠精巧細緻的技術與戰術來對敵人發動全面攻擊才叫作戰鬥，這種故意展現出不成熟破綻的提案恐怕是她完全無法想到的點子。

「我想不久之後還是會被敵人看穿機關，不過暫時可以爭取時間。只要趁現在進入靈脈，就能開始超加速並甩開對方。」

「……是嗎，小彩妳懂得真多。」

鈴華不經意的笑容和發言讓彩鳥心跳加速。

剛剛彩鳥失言了。考量到至今的言行，其他人遲早會發現她和箱庭有關……正確說法是，已經快要沒辦法保守祕密了。再這樣下去，不但彩鳥本身很難行動，有祕密瞞著鈴華和焰更是讓她最過意不去的事情。

彩鳥轉過身子像是意圖掩飾，接著把拉普子Ⅸ交給鈴華，開始往前方車廂移動。

「鈴華、拉普子Ⅸ，這裡就拜託妳們了。我去謁見一下女王。」

「咦？噢……好，妳一個人去不要緊嗎？」

「嗯。萬一遇上危險，請去找黑兔小姐求救。因為在這輛列車中，她是遠遠超過其他人的最強戰力。」

彩鳥笑著留下這些話後，離開最後一節車廂。

她臨走之際的發言讓鈴華驚訝得半張著嘴，這也是理所當然的反應。

鈴華一定是認為，與其找那麼年幼可愛的兔耳少女求救，更應該依靠雖然吵鬧但還是很努力的的夏洛洛吧。

彩鳥看出鈴華這種心情，輕輕笑了。

身為軍神的眷屬，被稱為「箱庭貴族」的黑兔只要認真戰鬥，要守住精靈列車想來是輕而易舉。然而既然她真正的職責是擔任裁判，那麼非必要的請託並不妥當；無論是基於戰士身分還是參加者身分，也都會很沒有面子。

堅守旁觀立場的行動已經來到極限。

久藤彩鳥也必須面對——握起自己武器的時刻。

在一隻群體精靈——地精梅露露的引導下，西鄉焰來到貴賓室前。

把這個只有巴掌大的小小精靈放在頭上後，來到異世界的感受突然變得加倍真實。儘管西鄉焰並不確定這個丁點大身體裡的何處具備了生物活動能力，然而肯定附帶著某種他沒有必要知道的機能。

「這裡！女王的房間！是這裡！」

「謝謝妳啊。到這邊就行，妳可以回引擎室了。」

「知道了！向飛鳥的家人問好！」

梅露露「咚！」一地跳下焰的頭頂，發出可愛腳步聲逐漸遠去。不知道「飛鳥的家人」是指誰的焰歪著腦袋冒出問號，不過又覺得她一定是和哪個人搞錯了。

（迷你尺寸的人型精靈……年少組看到應該會很高興，但再怎麼說也不能帶回去吧。）

就算想當成這次的見聞說給大家聽，未免也太怪誕不經。

光是宣稱自己去了一趟異世界就已經十分可疑，要是再講到手掌大的精靈還有能在水上行駛的巨大列車，肯定不會有任何人相信。「CANARIA 寄養之家」的少年少女們雖然有點特殊，不過內心依舊是現代兒童。要是把這些事情告訴他們，反而會覺得被當成小孩而生氣吧。

想完這些事，焰重新轉身面對房門。當他舉起右手正打算敲門時，彩鳥用跑的從隔壁車廂來到此處。

「……學長？你又被女王傳喚了嗎？」

「不，我是有事所以主動過來。妳呢？」

「我……嗯，跟學長差不多，主要是想拿回寄放的東西。」

彩鳥以非常自然的態度回答，焰也不再感到驚訝。

因為彩鳥打從一開始，就給人一種好像知道這場異變的感覺。

就連一行人被召喚到箱庭的理由，也就是那封郵件，她也一清二楚。雖然焰無從得知彩鳥是基於什麼理由和何種原委才會跟箱庭扯上關係——然而就算是那樣，彼此在學校裡互為學妹和學長的關係，還有各自身為委託人與被僱用研究者的立場也不會因此有什麼改變。

所以焰特地不回問，而是帶著認真表情點頭。

「是嗎，妳應該知道對方不是一般人吧？」

「是的，而且比學長還清楚。」

「真的假的？這部分的事情我也很想聽聽，不過要等回去之後再說。」

兩人互相點了點頭。既然雙方都理解彼此各自有不同的問題，應該要等到適合開口的時候。

焰一臉緊張，叩叩敲響貴賓室的門扉，希望能夠進去。

暫時沒有獲得任何反應，因此焰又輕輕敲了兩下，這次裡面才傳出聲音。

「請進，我允許你們進來。」

是女王的聲音，果然她的確在裡面。

兩人換上嚴肅態度，踏入貴賓室。不知道對方又會以何種手法來嚇唬人的焰雖然事先提高警戒，不過這次並沒有特地設置什麼陷阱。

取而代之的是一位身穿執事服，可能是傭人的女性，還看到會走路的燭台。

那位女性傭人綁著一條長長的辮子，以柔和的眼神凝視這邊。

她散發出完美成熟女性的氣質，笑容滿面地對著彩鳥揮手。彩鳥則帶著僵硬笑容以視線稍微回應，然後站正姿勢。

房間內部擺設著符合貴賓室規格的豪華絢爛用品，玻璃雕琢出的吊燈裡點著蠟燭，燭火搖搖晃晃地照亮室內。

刻有蒼炎旗幟的走路燭台正在忙碌奔波，負責準備茶水。應該是在房間深處那扇只有五十公分左右的小門另一邊泡茶吧，不過燭台到底要怎麼泡茶真是讓人滿心疑問。

然而，眼前的人物並不是可以隨便提起這種閒聊的對象。

女王「Queen Halloween」正端莊優雅地坐在橡木圓桌旁，和「黃金女王」這別名可說是名符其實的金髮與容貌也依舊美麗端整——然而……

不知道為什麼，她卻面無表情地以有點惱怒的眼神看著焰他們。

焰原本想盡快說明來意，但既然對方表現出如此明顯的不高興態度，實在無法主動開口。

……他心想自己是不是做了什麼無禮舉動。

焰用視線詢問彩鳥，意外的是，回看著他的彩鳥卻一臉像是吃了黃蓮的表情。看來即使按照彩鳥的標準，焰似乎也做了某種沒有禮貌的行為。

想道歉卻心裡沒底的焰只能尷尬地看向女王。

在這種劍拔弩張的氣氛中——那位女性傭人要笑不笑地指出他的錯誤。

「我說啊，少年。你剛剛敲門的次數不對吧？」

「啊？」

「學長，根據國際禮儀，規定如果是認識的對象要敲三次；如果是初次見面或上流階級，必須敲四次以上。只敲兩次這種做法……呃，怎麼說，本來是用在洗手間之類的地方……不管怎麼樣，都不會在拜訪高貴人物時那樣敲門。」

不好……焰感覺自己背脊結凍。

這種禮儀在日本經常被省略，但對方可是出身於西歐文化的神明。自己的房間被當成廁所當然會感到不快，更何況焰在上一次謁見時已經做出遲到這種無禮行徑。儘管之前獲得寬宥，不過像這樣連續犯錯當然會導致印象變差。

女王也帶著非難之意嘟起嘴，直截了當地做出判決。

「西鄉焰，基於你是我等的代表候補人選，我最多可以原諒兩次無禮行徑。就賞賜你這點寬大吧——但是，**沒有下一次**。因為就連現在這瞬間，我也在猶豫著很想殺掉你。」

以後要小心，女王先給予警告才喝起紅茶。

到兩次為止的冒犯行為居然都可以獲得原諒，女王似乎比傳聞中更加寬容。

雖說大概也是因為焰運氣好，但他今後依舊不想再做出那種在無自覺狀態下跨過死線的愚行。焰在內心銘記回去後首先一定要學會英國式的禮儀，然後行了個禮，往後退開。

比起自己直接講明來意，讓彩鳥先開口應該會比較好。

彩鳥也立刻察覺他的用意，向前一步。

由於焰也在場，彩鳥猶豫了一下該如何開口——不過她只要做出決斷就會立刻行動。想好第一句話該怎麼說之後，彩鳥優雅地行禮。

「**好久不見了**，女王，斯卡哈老師。女王騎士『斐思・雷斯』在此回歸。」

「嗯，是很久不見了，以妳個人的感覺時間應該是相隔十四年吧？對嗎，斯卡哈？」

女王以視線詢問後，被喚作斯卡哈的女性一邊回應，一邊拿起走路燭台送來的紅茶倒入杯中。

「正是如此，女王——嘻嘻，看到彩鳥這麼有精神真是太好了。不過那個騎士稱號是妳轉生前的東西，既然要報上名號，該使用久藤或是英國那邊的姓氏。」

「實在惶恐，我以後會那樣做……老師您一點也沒變，現在是擔任執事長（Lord Butler）嗎？」

「嗯，適合吧？」

身為執事長的斯卡哈以手扠腰，特地擺了個姿勢。彩鳥不由得面露苦笑表示同意，因為實際上的確很適合。執事服這種貼身服裝會凸顯身體曲線，高挑修長又擁有傲人勻稱身材的她穿上之後，光是站著就宛如一幅畫。無論是看在異性還是同性眼裡，毫無疑問都會顯得很有魅力吧。

彩鳥似乎有些尷尬地換上客套笑容，用一些無關緊要的發言繼續對話。

「老師您穿什麼都適合——其他老師沒有來嗎？」

「人是沒有來，但報告應該逐一都有收到吧。現在肯定因為妳之前的醜態而滿心怒火，實際上我就是這樣。」

斯卡哈的臉上雖然帶著柔和微笑，表達怒意時的雙眼裡卻帶著沸騰情緒。

彩鳥以苦悶表情低下頭，旁邊喝著紅茶的女王則一臉打從心底感到愉快的笑容。

但是在一邊旁聽的焰卻顧不上這些。

從字裡行間推測，女王和彩鳥似乎是主從關係。

再加上「轉生」這個詞到底是什麼意思？說真的他很想聽聽解釋。而且還有其他讓人在意之處，焰原本打算立刻從旁插嘴發問，但是感覺女王連他的反應都視為一種娛樂。考慮到彩鳥的立場，現在應該要保持沉默才是上策。

「……慚愧至極，我已經做好騎士稱號遭到剝奪的心理準備。」

「是啊，要不是女王特意維護，我已經打算直接那樣做了。」

彩鳥和焰都驚訝地看向女王。女王從容自若地喝著紅茶，但這個說法讓她有點不高興地皺起眉頭。

「……斯卡哈，我並沒有特意維護她。」

「哎呀，是這樣嗎？因為以女王您來說，這次是個很慈悲的判斷。」

「也不是因為慈悲。但是很浪費吧？畢竟我啊，對於這孩子的**血統**可是特別中意。雖說簡單就能破壞，不過妳不覺得放手會很可惜嗎？」

女王這樣說完，伸出右手並把掌心朝上轉。

伴隨著她翻轉手腕的動作，虛空中出現一張白銀卡片。刻於中心的太陽與黃金之旗幟想來是象徵「Queen Halloween」的圖案吧。

西鄉焰看到那個旗幟，不由得歪了歪頭。

（咦……那個標記，我記得是「Everything Company」的……？）

他放低視線確認手機的標誌，「Everything Company」製造的手機上也使用了跟女王旗幟非常類似的商標。

西鄉焰開始考察這點代表什麼意義。

斯卡哈察覺女王的意思，掩著嘴露出奇妙的微笑。

「原來如此，您意思是要把愛劍還給她之後再進行評定嗎？」

「就是那樣，畢竟她是在慣用武器被收走的狀況下敗北。對於一次的落敗，略施寬容也未嘗不可吧？」

女王用指尖彈了一下卡片，讓卡片旋轉著飛向彩鳥。

斯卡哈在後方以雙臂環胸，收起笑容宣告。

「——就是這樣，久藤彩鳥。女王願意不追究妳先前的敗戰。下次妳一定要讓希臘的怪物與中華的俗物見識到阿爾斯特(Ulster)的作風，出陣吧！」

她以銳利眼神下令。彩鳥看了一眼刻有「Queen Halloween」旗幟的卡片，態度恭敬地低下頭。

「謹遵敕命——那麼學長，我先告辭了。」

「噢……嗯，不過真的不要緊嗎？」

「沒問題。從現在起，我會保護好學長和鈴華，讓你們連一根手指——不，連一根頭髮都不會受到傷害。」

彩鳥靜靜微笑，然後離開貴賓室。門外隨後響起跑向最後一節車廂的腳步聲，她大概是要去迎擊即將來襲的敵人吧。

等腳步聲完全消失後，兩人把視線放到西鄉焰身上。

焰不知道該從什麼話題開口才好，表情也非常僵硬。

斯卡哈實在看不下去，她忍著笑意往前一步，然後行了一禮。

「初次見面，沒錯吧？我是執事長兼女僕長兼女王的監督者——名叫斯卡哈。在我的監督範圍內，你應該不會莫名其妙被殺，所以不需要這麼緊張喔。」

「……不，我並不是因為緊張。」

雖然被斯卡哈帶著挖苦笑容如此糾正，但這並不是問題的重點。總之，該問的事情跟該說的事情都太多，光是因為先前的對話，就讓焰想問的問題數量增加為十倍。

然而也不能繼續保持沉默，讓對方掌握主導權。

焰決定把彩鳥的事情放到以後再說，現在要先給出之前的答覆。

「女王，首先關於前幾天的事情，我已經得出自己的答案了。」

「是嗎？那我就聽聽看吧。」

女王放下裝著紅茶的茶杯，看向焰的雙眼。

雖然有辦法稍微看出喜怒哀樂，但基本上很難明白她在想什麼。再加上女王的發言總是簡潔扼要，想交涉也是困難重重。

焰原本猶豫著第一句話該怎麼說，又覺得隱瞞也是白費力氣所以乾脆開口：

「女王，妳是希望我參加主權戰爭，和妳一起戰鬥吧？」

「這種講法有語病，但大概沒錯。」

「關於這點我可以答應，也可以接受既然有人試圖利用星辰粒子體為非作歹就該戰鬥的理論——但是我希望妳能認同我戰鬥的理由是為了雙方的利益。」

為了雙方的利益——焰才剛講出這句話，女王稍微動了動眉毛。儘管這大概不足以讓她感到意外，不過多少也覺得是個無趣的判斷吧。

像這種對手，最妥當的做法是先使出七成實力來看看反應。

不出所料，女王沒有立刻拒絕。然而或許是完全失去興趣了吧，她放低視線把注意力轉到紅茶上，把西鄉焰丟到意識外之後才機械式地反問：

「是嗎——然後呢？」

「為了戰鬥，我想問清楚敵人的詳細情報。包括『天之牡牛』的真面目，還有目前襲擊『精靈列車』的敵人，所有妳們知道的事情都要告訴我。」

「哎呀，真是獅子大開口呢。」

在旁邊聽見這些話的斯卡哈以誇張態度回應。大概是對焰的要求感到不以為然吧，但是這種稱得上無謀的條件反而勾起女王的關心。

既然講出「相互利益」，如果西鄉焰這邊無法出示任何情報，根本一切免談。因為他要求提供敵人的「所有」情報，當然也包括關係到恩賜遊戲解答的內容。

一方面想要如此深入的情報，還表示能提供堪稱對等的訊息。這是推測西鄉焰手中掌握多少籌碼的機會，同時也可以判斷**是否該捨棄他**。

女王再度看向焰，帶著微笑提出或許是最後一次的問題。

「我是可以告訴你……不過你能拿什麼東西來交換？」

「剩下的太陽主權擁有者的詳細情報。」

聽到焰如此誇口，連女王也忍不住眨了幾次眼睛。她原本打算一旦焰講出無聊回應就要立刻把他換掉，但剛才的發言實在不能當作耳邊風。對於太陽主權，才剛被召喚到箱庭世界的西鄉焰到底知道些什麼？

焰拿出手機，指著上面的標誌。

「看到這個太陽商標……『Everything Company』的象徵標誌後，我突然想通一點。那就是你們和箱庭的其他神明是不是只有透過給予某種傳說或旗幟的組織，才能夠介入我們的世界呢？」

月兔、白雪姬、彌諾陶洛斯、天之牡牛。

明明這些都是外界的傳說，卻被箱庭理所當然地接納。這就是箱庭和外界互相干涉的證據，也是箱庭干涉外界過去的證明。

「其實活在二〇〇〇年代的我被召喚時就該察覺，箱庭諸神干涉的不只是過去，而是所有時代，包括對我們來說的現代。不，反而應該說既然能夠干涉過去，當然沒有理由不干涉現代。」

焰嘴上雖然如此說明，但老實說這是個盲點。只是仔細想想，這也是天經地義。

因為過去和現代的差別只在於是否能夠觀測，基本上雙方等價。

女王似乎有點提起興致，她翹起腳回答焰的問題。

「沒錯，我們這些箱庭的神靈如果要干涉外界，會以某種形式透過人類的組織進行。例如宗教組織就是代表性的例子，另外借用旗幟的國家和組織等也和我們有深厚關聯。」

「例如英國國旗『Union Flag』之類？」

聽到焰的提問，這次換成斯卡哈點頭回應。

「差不多是那樣。威爾斯(Wales)的紅龍旗是其中一例，世界衛生組織(World Health Organization)的蛇杖也是。彩鳥的『Everything Company』的紋章(Symbol)是以太陽作為主題吧？那是在財閥的黎明期，以我等提供支援為交換條件而給予的象徵。至於時代，我記得是在第二次世界大戰結束後沒多久。」

唔……焰翻找著自己的記憶。話說起來世界衛生組織的象徵標誌是一把纏繞著蛇的杖，那應該是和希臘神話有關係的旗幟。

「居然連國際組織都可以干涉……還真是嚇人。」

「當然，為了讓干涉過的事實能夠聚集固定，會有幾個必須克服的障礙。你可以把這次的恩賜遊戲也當成其中一環。」

「……連『天之牡牛』危害世界也是其中一環？」

「不，我指的是『星辰粒子體會拯救世界』的事實。」

這句話等於是在表示「西鄉焰拯救世界」的結果已經事先準備好了。焰因此更有把握，加重語氣說道：

「那麼，我要拉回正題。女王妳想讓我和製造出『天之牡牛』的傢伙戰鬥，換句話說這是因為——參加太陽主權遊戲的對戰者，和使用粒子體為非作歹的傢伙是同一人物吧？」

女王默默點頭，以動作催促焰繼續說下去。

「如此一來，可以反向推測出想對星辰粒子體下手的那些傢伙很有可能就是與太陽主權戰爭有牽扯的一黨。關於這點我有一些頭緒，有必要的話，我甚至可以在這裡出示被那些傢伙拿來當成象徵的旗幟。」

聽到這句話，連女王和斯卡哈也不由得看向彼此。時間只有短短幾秒鐘，但雙方都沒有提出異議，想來已經判斷這是個不錯的妥協點。

畢竟她們並非想要無謂導致星辰粒子體的研究者變少。

焰拿出行動電話，開啟相簿，做好隨時可以出示圖片的準備。

「如果只是要讓妳們看看圖片，現在當場可以辦到。若是想要詳細資料，必須去我的研究室才行……如何？作為籌碼還太廉價嗎？」

「這個嘛……還不足以換到恩賜遊戲的解答。」

「但是女王，要是選擇放逐結果卻被佛門撿了便宜倒也令人不快。不管是星辰粒子體，還是這顆原石都一樣。」

執事長帶著愉快笑容看向焰。下一瞬間，焰感覺到彷彿會讓背脊結凍的一股寒意。他對這種像是小孩子找到有趣玩具時的視線還有印象，眼前這女性乍看之下顯得正經認真，但本質上似乎是女王的同類。

女王撐起手肘托住臉頰，以懷疑眼神打量焰。

「……我不認為他是鍛鍊後就會發光的戰士，妳意思是妳辨得到？」

「我沒有把握，不過想挑戰看看。我很幸運，至今都碰上一些優秀的弟子。武力方面有瑟坦特，技術方面有彩鳥……所以我想差不多也該收一名欠缺武力但擅長智勇的弟子。」

是嗎……女王簡單回應。既然她沒有反駁，看樣子兩人之間已有結論。

斯卡哈晃著背後的長長辮子走向焰，再度換上之前的柔和笑容。

「焰小弟，我們可以接受你一部分的意見。所以由我來指導你，直到這次的太陽主權遊戲結束，這樣如何？」

「啊，不……很抱歉，我不擅長打打殺殺之類的事情……」

「哎呀，你沒有聽黑兔說過嗎？恩賜遊戲是測試武智勇三方面的考驗，只要你具備智勇，要爭取勝算就已經十分足夠。」

「……意思是妳要教導我這個新手該如何在遊戲中應戰？」

「就是那樣。我可以回答問題，也會聽取意見。至於武力方面……嗯，只是稍微參加的話也未嘗不可。」

如何呢？執事長以手扠腰，一臉得意地說道。

對於斯卡哈的提議，焰猶豫了一瞬間。她願意出手幫忙這場戰鬥當然讓人感謝，問題是這位女性散發出一種危險的氣息。乍看之下是個有常識的人，可是焰能夠基於本能感覺出她跟女王其實是同類。最重要的是平常對任何人都很親切的彩鳥卻笑得那麼尷尬，彷彿是在彰顯出這位女性隱藏的本質。

（我想要情報，但是不想負擔太多風險……世界上沒這種好事嗎？）

俗話說不入虎穴焉得虎子，更何況首要之務是是除去目前遭受的威脅。

「想要更多就是奢求了嗎——我明白了。以後，我在恩賜遊戲這方面拜您為師。」

「哎呀？怎麼突然講話這麼恭敬？更隨性一點也沒關係喔？」

「這是心態問題。想吸收教導，率直跟敬畏是必要條件。要對師長表示敬意，從形式開始是最好的做法。」

西鄉焰挺直上半身，低頭鞠躬。

斯卡哈晃著辮子睜大雙眼，聲音像是因為感動而顫抖。

「喔……喔喔……！您……您聽到了嗎，女王！出生至今，還是第一次有弟子對我講出如此值得讚賞的發言！哎呀，這真是想讓其他傻瓜弟子們聽上百萬遍的句子……！」

斯卡哈感動又悲傷地抬頭望天，聽起來她似乎有很多弟子。女王面無表情地看著她的反應，然後低聲說道：

「……哼，這麼鄭重是無所謂，不過你最好盡量提高警覺。因為她的教育方針雖然採斯巴達式，但相反地，在照顧人時卻會寵過頭。」

「寵……寵過頭？」

「沒錯，寵過頭。還有我要順便把話說在前面。關於彩鳥的問題，你問了也是白搭。」

「……為什麼？」

「這句話沒有負面意義。因為即使抽掉和財閥的關係，那孩子**對日本人來說也是特別的存在**。在適當時機到來之前，彼此還是不知道比較好。」

女王這番話讓焰更加滿頭霧水，因為這些話再怎麼樣也解釋不通。不是西鄉焰本人的特別，而是日本人的特別？到底是什麼意思？

女王優雅地把後面的頭髮往上撥了撥，然後喝口紅茶，心情似乎還算不錯地開口：

「不過也對，可以告訴你一些無關緊要的事情。妳說明一下。」

「遵命──那麼焰小弟，對於『萬聖節』，你了解多少？」

「只知道皮毛。簡單來說，女王就是秋季盂蘭盆節的擬人化吧？」

──這瞬間，女王換上不高興的神色。她皺眉瞪著焰的模樣，正可以比喻為暖春一口氣轉變為寒冬。

不明白自己踩中什麼地雷的焰一臉僵硬表情。他甚至有種錯覺，根據狀況，說不定自己剛才有一瞬已經陷入死地。措辭語氣方面應該已經在上次獲得不必拘禮的許可，所以這次踩中的地雷是其他問題。

他慎重地開口發問，像是在撤除地雷。

「……那個，女王是不是不喜歡被稱為盂蘭盆節？」

「不喜歡，因為聽起來很不可愛啊。雖然也不算有錯，但以後不准那樣叫我。」

女王轉開臉嘟著嘴鬧起彆扭。

焰對於她的感性還不是完全了解，但不該強制別人接受討厭的東西。於是他再記下一個會成為地雷的要素，接著重新回答。

「好，那我換個說法。簡單來說，那是把生死觀投射在季節變化上的凱爾特民族之祭典……沒錯吧，斯卡哈小姐？」

「叫我老師，因為大家都是這樣叫。你出身於二〇〇〇年代，居然如此了解……該不會也知道我的傳說吧？」

「呃，對不起，我不知道。只是我待的孤兒院有個習慣，規定萬聖節一定要盛大度過。因為這是創辦者最喜歡的祭典。」

西鄉焰帶著出自真心的敬愛。做出說明。

孤兒院「CANARIA寄養之家」的創辦人——是個除了金絲雀這名字，其他一切成謎的女性。她熱烈喜愛的祭典就是萬聖節。

在近代日本，大概沒有其他節慶像萬聖節這樣普及於廣泛地域，而且無論大人小孩都可以保持童心參加。當然，也有各地區舉辦的佞武多祭、天神祭、祇園祭等大規模祭典，但廣受日本全國接納的節慶大概只有萬聖節、聖誕節，以及元旦這三個節日而已。

以某種意義來說，焰剛剛的發言也包含對女王的敬畏——然而不知道為什麼，兩人卻露出憂傷的眼神，轉開視線。

「……是嗎，原來那孩子在外界也一直感謝著萬聖節嗎？」

「咦？」

「沒什麼。不過也對，近代的萬聖節祭典因為是大眾節慶，內容的確有被改編調整。原本女王的靈格是負責掌管生與死，以及星與星之境界。至於彩鳥則是女王發現的死靈——這種講法有點錯誤，總之，是讓一個『沒能出生的嬰兒靈魂』獲得肉體並轉生。目的是要讓她以『Everything Company』一員的身分，和星辰粒子體的相關人物——也就是焰小弟你接觸。」

「那麼，彩鳥的前世是……流產的小孩嗎？」

「不對，如果是，我會直接那樣說。我都刻意講得很含糊了，你該適度地察言觀色。」

斯卡哈突然換上截然不同的嚴厲視線，看樣子這是不該提及的話題。而且根據她剛剛含混帶過的方式，想來是有某種說不定會讓人相當不快的理由。

不過能知道這些就夠了。焰呼了口氣，像是總算放心。

「是嗎……不過太好了，我原本擔心彩鳥是被強迫的，不過如果是因為剛才的理由，我也能理解為什麼她會服從女王。對那傢伙來說，女王就等於是恩人嗎？」

這大概是焰一直掛心的問題吧。察覺他不安的根本原因後，斯卡哈越發意外地瞪大眼睛，然後露出真心的溫柔微笑。

「實在讓人驚訝，原來你不是在演戲，而是真的如此正經呢。你要好好珍惜自己這份誠實喔。雖然對惡徒來說是可以趁虛而入的破綻，不過面對惡魔和怪物時會成為最強的武器。」

「是……是那樣嗎？」

「沒錯，就是這樣。彩鳥缺少這部分，你要幫她補上。那孩子很有實力也很誠實……但是過於純粹，所以很容易中一些無聊的圈套。」

她總是在最後階段掉以輕心……執事長豎著食指提出忠告。焰也覺得可以理解，彩鳥耿直又正義感強烈，不過是個不知世事的大小姐，也有脆弱之處。所謂的過於純粹就是指這方面吧。

「可是如果沒有女王，我就不會認識彩鳥，孤兒院的存續也會面臨危機。光是能知道這些關聯，我就覺得可以見到女王真是太好了。」

「沒錯，全都要歸功於我。很寬大吧？」

「嗯，的確寬大……不過，讓彩鳥一個人去戰鬥真的不要緊嗎？」

「沒問題，她只是因為太過和平所以有些鬆懈，吃過苦頭後應該已經冷靜下來了吧？只要那孩子認真取勝，就算在凱爾特神群的戰士裡也找不出幾個能和她對抗的人。如果只看資質，她是可以和瑟坦特匹敵的優秀人才。」

哼哼……斯卡哈表現出心情很好的態度。是因為部下兼弟子的彩鳥已經離開，所以她也表現出原本個性吧。

焰稍微放鬆，力氣放盡般地坐下，把身體癱在椅背上。

然後他抬起頭，像是突然想到什麼。

「話說回來，女王。要我參加太陽主權戰爭是可以，但是妳會提供什麼報酬嗎？」

女王停下喝紅茶的動作，看往焰的方向。

她瞇起雙眼，視線裡帶著俐落的尖銳。焰以為這也是地雷而狂冒冷汗，不過女王並沒有表現出要危害他的態度，而是再度把紅茶送往嘴邊。

這大概是某種指示吧，斯卡哈帶著苦笑往前一步。

「焰小弟，我不知道你想要什麼樣的報酬……不過只要在這次的太陽主權戰爭中獲勝並繼續下去，我想你自然會理解報酬是什麼。」

「……意思是要我什麼都別想，總之先打贏第一戰再說？」

「就是那樣，理解力優秀是件好事。嗯，只要你破解這場預賽遊戲，屆時你身邊應該也會出現什麼巨大變化，現在先好好期待吧。」

斯卡哈把手指放在嘴上，淘氣地眨了眨眼。明明是個少女的動作，她做起來卻有模有樣，想來是精神上還很年輕吧。

不管怎麼樣，首先要獲勝。

女王和斯卡哈告訴焰，這是第一前提。

就在此時，精靈列車因為來自外部的衝擊而劇烈搖晃。

＊

列車的車頂化為鋼鐵箭矢如雨般不斷落下的戰場。阿斯特里歐斯把來自四面八方的弩砲箭矢全數打落，「六傷」的戰士們也不認輸，以快速射擊迎戰。

目前戰況膠著，然而這是一場雙方都不允許出現任何失敗的戰鬥。一旦升上車頂的弩砲遭到破壞，「六傷」就會迅速落入下風。

為了盡量提昇輪換頻率，最後一節車廂裡依然進行著流暢的準備工作。

「裝填完畢的射手記得舉起旗子！」

「把預備的弩砲箭矢全都拿出來！」

「還差一點就能進入靈脈！一定要成功逃走！」

獸人們發出怒吼，鼓起幹勁。敵人是有能力因應這種猛攻的高手，萬一被對方闖入車廂內，戰線就會一口氣崩潰。那樣一來就完蛋了。

鈴華擦去雨水以及緊張造成的汗水，努力思考。

（傷腦筋，我還以為敵人起碼會有一瞬間停下腳步，結果卻完全沒有靜止過。好不容易看到他們停下來，結果卻在射程範圍之外。）

唔唔唔……鈴華一臉苦惱地雙手抱胸。雖然沒有告訴彩鳥，但她的恩惠其實還有另一個隱藏妙招。要是順利，甚至有機會讓這場拉鋸戰徹底翻盤。

然而看來敵人已經察覺出她的射程距離，想必不會再做出冒然衝過來的愚行吧。

（嗯～……無計可施了嗎？雖然也是為了今後，但實在沒辦法！）

好！鈴華放棄新計畫，決定集中精神繼續現在的作戰。就算沒辦法按照自己想法掌控遊戲也能乾脆切換心態算是她的優點。因為這種情況下要是一直掛心，反而有可能變成破綻。

另一方面，必須使用笨重的大戰斧來對付大量攻擊的狀況讓阿斯特里歐斯陷入苦戰。如果他使用的武器是三叉槍或是長劍之類，應該早就已經突破防守。

白額虎煩躁地齜牙咧嘴，用利爪抓著空氣。

「知道我們不能有大動作，對方倒是隨意亂來嘛！你也可以選擇乾脆連同參加者一起全部破壞掉的做法吧，怪牛。」

「沒有那種選擇，因為那樣做會讓一切依舊成謎。」

阿斯特里歐斯有一定要見到西鄉焰的理由。

如果沒有辨明「救濟」的意義就直接勝利，會宛如骨鯁在喉，在心裡還留下疙瘩。那種事讓人無法接受。

他舉著大戰斧，從上空俯瞰想找出攻略法。

「事態演變至今，敵人的實力已經曝光。顯然對方當中有被授予轉移恩惠的成員，射程頂多是一百二十公尺，不過似乎可以『轉移被發射出去的弩砲箭矢』。要是我們在射程內停下腳步，肯定會被射穿後腦。」

既然已經理解到這種地步，攻略法也顯而易見。簡而言之，就是人手不夠。只要再來一個實力足夠的人員，那座鐵製城堡就會被輕易入侵吧。

「仙虎，你所謂的同伴還沒來嗎？要我等到什麼時候？」

「嗯，讓你久等了。我的搭檔似乎已經到了。」

仙虎咧嘴露出笑容，之後暴風雨的風向突然改變。

原本來自東方，像是想擋下精靈列車的猛烈狂風改從西方吹來。阿斯特里歐斯因此吃了一驚，然而「天之牡牛」的積雨雲並沒有變化，偏偏只有風向出現戲劇性的改變。

阿斯特里歐斯立刻察覺有其他術者在場。

他看向地面尋找可能人選——然而動靜卻出現在遙遠的上空。而且對方不只是現身，那個應該是術者的人影才剛張開雙手，就讓肆虐四方的風雨全聚集到自己周圍，開始形成螺旋狀。

「……喂，仙虎。你那個搭檔在做什麼？」

不妙的預感讓阿斯特里歐斯皺起眉頭。

看出接下來會發生什麼事的白額虎似乎很焦急地大叫。

「不……不妙……！那個蠢丫頭難道是想要破壞鐵製城堡嗎！」

「你說什麼！等一下，我這邊的問題該怎麼辦？」

「要是那丫頭會顧慮到這些，我的胃就可以常保安穩！」

看來這隻仙虎得了胃病，喊聲中帶有極為殷切的情感。然而那個術者完全沒有表現出有意停手的態度。

對方已經聚集幾百噸的降雨，吸起數千噸的河水，還儲存了足以扭曲空間的風力。而且還露齒而笑，像是隨時會解放這些。

「真是……！現在去阻止也來不及了！暫時撤離吧！」

要求白額虎等等的制止聲消失在暴風中，讓阿斯特里歐斯心裡滿是焦躁。

他的目的是要見到叫作西鄉焰的男子，不是破壞精靈列車。所以無論如何都要讓對方停手，然而目前現場能夠阻止上空術師的人，只有手持「模擬神格・星牛雷霆」的自己。解放神格擊出的雷光應該能把術師捲入並打飛吧，不過事情沒那麼簡單。

問題是打倒術師後要怎麼對付白額虎。

目前尚未展現出實力的這隻星獸一旦認真起來，就算是擁有神格武器的阿斯特里歐斯也有可能處於劣勢。

（但是沒有其他辦法！……只能動手嗎？）

戰斧上出現雷光。事到如今，只能一斧把術師和白額虎一併解決。阿斯特里歐斯目前還保留力量，但恐怕沒有餘力和星獸為敵。

他踩到白額虎的背上，準備離開。

——就在此時。

精靈列車「Sun Thousand號」的車頂竄出一條彷彿要貫穿天空的閃光。就算目標遠在千里之外似乎也能貫穿的洗鍊一箭在凶猛水流與暴風中沿著空檔不斷迅速前進，最後精彩地彈飛術師的腦袋。

「……咦……」

阿斯特里歐斯目瞪口呆。這一箭的確夠格被稱為絕技。

如果只是要飛行長遠距離，箱庭中應該有許多招式技能都可以辦到。

然而要徹底看穿這場暴風雨，在術師受到可自在變幻的流體保護下只憑一箭就取下敵人的首級，這種弓技只能比喻成神的領域。

到底該稱讚對方，還是該為了敵人帶來的威脅驚嘆呢？無法抑制住興奮顫抖的阿斯特里歐斯把視線移向車頂。

站在精靈列車車頂上的戰士只有一人。

那是個帶著激烈怒意瞪著這邊的少女，在狂風暴雨中依舊保有燦爛光輝的金髮正隨風飄動。

拋開平時的面具，展現出戰士面目的女王騎士——久藤彩鳥挺身阻擋於一人一虎的前方。

由於受到二十四號颱風的直接襲擊，克里特島目前禁止一般人進入，成為半無人狀態。儘管有在進行復原作業，不過那大概只是為了隱瞞真相的權宜之計吧。

畢竟實際來到此地後，十六夜等人看到的克里特島根本空無一人。明明這個島的土地面積大約有四國的一半，卻找不到最近有人滯留在此的痕跡。證明在二十四號颱風來襲之後，居民隨即展開避難行動。

沿岸被吹斷的椰子樹就這樣亂成一團，商店保持遭到破壞的模樣，商品散落一地。當地特有的白色街景裡只有風聲與海浪聲在迴響，到處都空空蕩蕩。

既然急忙逃離的痕跡還保留原狀，就代表在發布避難警告後，沒有任何人曾踏上這座島嶼。

十六夜踢飛擋在路上的斷樹，露出似乎感到很有趣的笑容。

「這裡成了禁止出入的病魔之島嗎？正如預料，克里特島好像到處都是病毒，連個人影都沒。」

「這話是什麼意思？」

「我說過我之前已經和彌諾陶洛斯交過手了吧？當時的牠感覺是個和迷宮一體化的怪物，似乎不具備知性；然而後來再度碰頭時，看起來卻擁有一絲知性——所以我注意到……說不定是因為某種理由，彌諾陶洛斯已經開始恢復成人類。」

十六夜又踢飛一棵樹，三人直直朝著目的地前進。

不知為何遭到大量蟲子圍攻的釋天開口詢問詳細理由：

「原來如此，不過那件事和克里特島的瘟疫為什麼有關？」

「應該說是我試著換個角度解讀彌諾陶洛斯傳說的結果吧。如果彌諾陶洛斯是後天性的怪物，那麼這種後天性應該有什麼理由。」

在神話中，所謂的神性與怪物性是出於先天性還是後天性，將會造成很大的區別。前者大部分是世界的概念直接具體成形，而後者通常是基於生前的行動。因此可以判斷，先獲得人類名字才變成怪物的彌諾陶洛斯是典型的後天性怪物。

頗哩提先告誡聚集的蟲子們「不可以跑進那種地方喔」，才點點頭像是已經理解。

「嗯，話說起來我也有聽說過，凱爾特神群的魔王巴羅爾(Balor)是不是能成為代表性的例子？」

「那是透過黑死病支配其他民族的傢伙吧？那也是源自於病魔的後天性神性。」

十六夜踢飛第三棵樹幹後，拿起預想到這種狀況而準備的驅蟲噴霧稍微噴了一下，就把瓶子丟給釋天。

身邊聚集大量蟲子的釋天先感謝他的施捨，然後一邊瘋狂噴灑驅蟲噴霧一邊繼續對話。

「啊～換句話說就是那樣嗎？你認為這次身為病原的兩頭怪牛受到召喚的原因跟這片土地有關？」

「嗯，或者是和伊拉克南部的某個地方有關。箱庭的神明大人如果想干涉外界，必須使用哪個與自己有關連的場所才行吧？所以我認為這兩個地方是最有可能的候選答案。哼！」

十六夜踢飛第四棵和第五棵樹。

雖然十六夜是出於合乎自身標準的善意才把樹踢向路邊，不過衝擊似乎有點太強。在暴風雨中千辛萬苦保護巢穴的蜂群極為憤怒，成群襲擊釋天。

釋天慌忙拿起椰子樹的葉子來應戰，十六夜和頗哩提自顧自快步前進，到達了目的地。

「所以你認為這裡——克里特島的遺跡『克諾索斯宮殿』很可疑嗎？」

兩人到達目標的宮殿後，一起觀察四周。

儘管這裡被評為現存最大的青銅器時代遺跡，然而受到風化作用影響，隨處都有難以掩飾的損傷。不過也可以發現修繕的痕跡，光是能從入口俯瞰的白色宮殿就會讓人想像起過往的生活。

目前沒有觀光客在場肯定也是造成這種感覺的理由之一。

或許每一個在地上人類消失後又留存了幾千年的文明都會變成這樣的景觀。一旦這麼想，甚至會覺得眼前的風景充滿哀愁。

比兩人晚一步到達此處的釋天避開蜂群的所有猛攻，有點得意地以手扠腰。

「我……我明白你的推論了，要不要分開調查哪裡有可疑之處呢？」

「不需麻煩，我的搭檔已經先來到這座宮殿。」

哦？釋天和頗哩提同聲回應。兩人之前的確有聽十六夜提起過，看樣子他嘴裡的神殿就是指克諾索斯宮殿。

話聲剛落，地中海的天空隨即刮起旋風。地上出現巨大的鳥影，高速一閃而過。

頗哩提以為是敵人並擺出備戰動作，不過十六夜和釋天兩人的反應卻和她不同。

十六夜露出似乎頗為傻眼的笑容，釋天則驚訝地仰望天空。迎接緩緩接近的巨大影子後，釋天以恍然大悟的態度開口：

「你……是上次那隻獅鷲獸吧！哎呀，真是讓人懷念！」

「好久不見，釋天兄。看你健壯如昔實在讓人高興。」

捲起旋風降落的鳥影是他們的知己，上半身是鷲而下半身是獅子的幻獸──「獅鷲獸」。像是踩踏著大氣前進的獅鷲獸讓四肢前後移動做出類似下樓梯的動作，從空中降落後恭敬地低下頭。

釋天揮揮手掌示意他不必多禮，然後開口詢問狀況。

「哎呀，原來是你先來這裡嗎？的確，身為獅鷲獸的你來參觀一下希臘這片土地能獲得很多益處，不過在外界使用這種外型倒是讓我無法認同──難道是因為發生了什麼事？」

釋天換上銳利的眼神，看向獅子的下半身。

仔細一看，他的後腳似乎斷了。

「是的，我在王座大廳確認了應該是通往箱庭的出入口……但是卻在之後遭遇意料外的敵人，才會演變成現在這樣。請各位小心，對方都是相當有實力的高手。」

只說完這些，獅鷲獸原地坐下像是相當疲勞。十六夜慌忙想要靠近，頗哩提卻搶先往前，動手檢查他的傷勢。

「真嚴重，骨頭已經碎了。光是要好好走路都有困難吧。」

「頗哩提，妳來照顧他。畢竟也不能就這樣丟著不管。」

「實在慚愧。」

獅鷲獸再度低下頭。以緊繃表情看著他的十六夜跨著大步靠近，開口簡短說道：

「……抱歉，格利。我該早一點過來，不該搭什麼飛機。」

「說什麼傻話，是我自己判斷要擅自先行動，你沒有錯吧？」

「但是多虧有你，我們才沒有遭受奇襲。這已經是很充分的戰果──你就安心睡一覺吧。我會以萬倍奉還，去把敵人全都打飛！」

十六夜發出呀哈哈笑聲，叫作格利的獅鷲獸也咧嘴一笑。

身負重傷還能展現如此笑容的男子漢不需要過度的擔心，現在應該要專心思考該如何把這筆債給討回來。

「那麼，只好在這裡和頗哩提妳分頭行動了。不好意思，這傢伙要交給妳照顧。找到女王抗議後，我會立刻來接你們。」

「就那樣辦吧……你們兩個可別掉以輕心。」

在頗哩提的目送下，十六夜和釋天兩人前往位於克諾索斯宮殿深處的王座大廳。

克諾索斯宮殿是青銅器時代最大的遺跡，結構可以說是有點過於複雜。這種無法輕易破解的設計宛如是在宣示所謂的迷宮（Labyrinth）就該是如此。來到據說有世界最古老王座的克諾索斯宮殿王座大廳後，兩人立刻察覺到異變。釋天在虛空中畫出代表自己神格的圖案，空間裡隨即出現甚至能以肉眼辨識的龜裂。

比起之前在柴又帝釋天連上箱庭時順利得多，而且龜裂更加巨大又明確。

或許該慶幸人群已被疏散。克里特島觀光名勝的宮殿裡要是出現這種危險的龜裂，恐怕已經造成數不清的神祕失蹤事件。

十六夜和釋天看了彼此一眼，然後同時跳進龜裂。

於是情況急轉直下，他們的眼前充滿七色的極光。即使閉上眼睛，也無法遮蔽如同海浪般不斷湧上的極光。等到連全身的細部都被極光照亮之後，視野突然變得開闊。

被召喚到四千公尺高空中的兩人並沒有特別驚訝，只是讓身體自由落下。雙方都經歷過好幾次這種狀況，事到如今根本沒什麼好大驚小怪。

他們冷靜地迎著風，從上空俯瞰下方。

被召喚前來的地點是一座占地遠達地平另一端的巨大迷宮，以白色牆壁區隔的內部環繞著從狹窄小徑到大型廣場等各式各樣的通路。

十六夜和釋天保持大字型姿勢，在似乎是大迷宮中心的祭壇附近落地，掀起一陣塵土。看他們依然無傷的模樣，果然兩人都不是普通人。

拍掉身上灰塵之後，他們看了看自己降落的中央大廳裡的祭壇，很快地察覺目前身在何處。

「噢，原來如此。看樣子我們好像從終點反過來侵入迷宮了，釋天。」

「似乎是這樣，那個祭壇的中心是出入口嗎？」

兩人一起望著祭壇中心的王座。那是以石頭製成的古老王座，不管怎麼看，都是先前在克諾索斯宮殿裡欣賞過的世界最古老王座。這個祭壇原本的設定，應該是要在西鄉焰破解遊戲的同時把他們轉移到外界吧。

十六夜邊呀哈哈大笑邊搖頭。

「哎呀這下麻煩了，真沒想到這裡居然是從箱庭前往外界的出入口。如此一來，就算破解遊戲，我是不是也回不去啊？」

「嗯，正常來說會是那樣。要是沒有什麼能作為鑰匙的東西，很難回到箱庭那邊。」

「是嗎是嗎，那麼關於這點我可以放心地擺一邊去——總之現在，就先找**那邊的傢伙**算一下之前的帳吧。」

十六夜瞇起眼睛，以銳利的視線看向祭壇。

他完全沒有隱藏敵意，而是直接宣言。

「你們也別躲了，快點出來。還是正在研究迎接用的驚喜？如果是的話，我可以等個三分鐘，你們就一邊準備驚喜一邊誦經準備上西天吧。」

十六夜以緩慢的速度開始往前走，瞪著王座和祭壇的雙眼卻充滿憤怒。雖然他說了可以等待，但是並沒有說在等待時不會出手攻擊。

看在旁人眼裡這是個亂七八糟的理論，不過根本沒有必要對違法之徒講究禮儀。什麼君子報仇十年不晚完全是鬼扯，既然同伴遭到奇襲，就算只差個一秒，找對方算帳的行動當然還是越早越好。至於焰和鈴華的事情，把襲擊者狠狠教訓一頓之後再處理也還來得及。

十六夜一步步靠近，表現出想乾脆連祭壇一起粉碎的氣勢。或許是這種打算連周遭一起拖下水的魄力有傳達出去吧。

原本躲在暗處的襲擊者們同時現身。

「……真是傷腦筋啊，明明是基於慈悲才讓他活著回去，看起來卻引起很大的不滿。」

王座後方出現兩個人影，同時響起語氣帶著不以為然的發言。

說話的人應該是其中那個一頭藍髮成了特色的少年。年齡方面大概跟焰他們一樣或是再大一點，手上握有一把帶著閃電的剛弓。

十六夜基於屬性推定那是神格武器，但無法確定是哪裡的神格。只是根據這武器，對格利發動奇襲的犯人想來不是這少年。

所以他無視少年，看向旁邊的另一名男子。

「……喂，隔壁的帥哥，打傷獅鷲獸的人是你嗎？」

「這個嘛，實際上如何呢？」

那是一個豔麗黑髮下長著雄偉牛角，身穿輕便麻布服裝的美男子。看起來大概有二十五歲以上，不過卻是個擁有牛角的牛妖。

從那有些老成的語氣來推論，對方當然在年齡上動了手腳，而且只需一眼就能看出他很有實力。這次的「天之牡牛」也是一個例子，概括來說，傳說與「牛」相關的存在大部分都是高手。其中有些是神之使者或主神化身並擁有神性，也有很多被稱為怪物或魔王。這是因為牛和鹿等「擁有角的野獸」被視為有力量者的象徵，在世界各國都有被當成信仰對象的趨向。

面對持有神格武器的少年與牛之妖怪，十六夜明白大意靠近會有危險，因此在通往祭壇的樓梯前停下腳步。

（……哼，看來格利受傷似乎不只是因為遭到奇襲。）

因為眼前的兩人——都是實力超乎想像的強者。

十六夜克制怒氣恢復冷靜。

先前那句「讓他活著回去」應該不是謊話。這種水準的高手還一次來兩個，格利想靠自身力量撤離確實有困難。雙方毫無疑問都是能和魔王相提並論的強者。十六夜以手扠腰，重重嘆了口氣後瞪向王座。

「——那麼，**第三個人在哪裡**？」

藍髮少年與黑髮美男子都有點驚訝。

尤其是長著牛角的美男子，他看著十六夜發出似乎很愉快的笑聲。

「原來如此原來如此，實在是了不起的慧眼。我本來認為那傢伙躲得很好，結果沒能瞞過你嗎？真的成了一個前途無量的青年啊。」

「……嗯？我跟你應該是第一次見面吧？」

「沒錯，我和小子你是初次見面，不過你見過我的義兄弟——怎麼樣？蛟劉和迦陵過得好嗎？」

這瞬間，十六夜瞪大雙眼像是大吃一驚。

牛角美男子提到的蛟劉和迦陵，是指西遊記裡記載的七個大魔王——其中的蛟魔王和鵬魔王。

傳聞中這七名魔王隸屬於由「齊天大聖（與天齊驅之大聖者）」孫悟空為首而創立的共同體「七天大聖」，還是互相結拜為義兄弟的朋友。

不過蛟劉和迦陵這兩人為了清算以魔王身分做過的惡行，目前擔任箱庭世界的守護者，也是和逆迴十六夜有交情的人物。

除了他們兩個，其他隸屬於同一共同體的五名成員也全都是擁有強大力量的魔王，被視為首領的兩人更是名震天下的有名魔王。

在「七天大聖」的各魔王中，擁有牛角的魔王只有一人。

那正是與「齊天大聖」孫悟空相比也有過之而無不及的傳說大魔王。那個過去曾為了救出結拜妹妹而與眾多神群為敵，想幫助受虐諸妖「平天」而挺身戰鬥的勇士叫作——

「『平天大聖（平定天上之大聖者）』……！你就是七兄弟之長，傳說中的牛魔王嗎！」

「沒錯！我就是七天的長兄，統御橫行中華的眾多妖怪之人！——哼哼，聽說我的義兄弟在三頭龍之戰中受過你的照顧，逆迴十六夜。」

他的語氣雖然和緩，凶暴的尖牙卻隨著上揚的嘴角若隱若現。

接著牛魔王拿出武器的長柄棍棒，就像是無法抑制住霸氣。那頭潤澤豔麗的黑髮開始隨著高昂戰意晃動，紅色的雙眼目不轉睛地望著十六夜。

「每次聽說你這傢伙和蛟劉他們的武勇事蹟，我都想和你交個手。至今為止雖無機會，這次總算讓我碰上了——我說你，該不會打算拒絕吧？」

「不，你也知道，我是很想開開心心又乾脆爽快地回答『務必要打個一場』，不過……」

十六夜難得像這樣欲言又止。哎呀，這狀況真的讓人打心底感到困擾。畢竟是聞名天下的大魔王開口邀戰，要是拒絕既失禮又過意不去，而且老實說非常可惜。

他並不是顧慮到身為牛魔王義兄弟的蛟劉和迦陵，這時候也沒興趣過問對方到底屬於哪個組織，然而現在手上還有必須先幫同志討回來的屈辱。

要放到一邊去暫不處理，他又是個過於礙事的存在……這時，十六夜突然想到背後的人物。

或許乾脆把萬倍奉還的任務交給釋天也不錯，讓他展現出最強軍神帝釋天的驚人實力應該頗為有趣——於是，十六夜回過身子。

然而釋天卻滿臉遭受衝擊的僵硬表情，讓十六夜無法開口說笑。

先前的對話完全沒有傳進釋天的耳裡，他的視線一直固定在藍髮少年身上。

怎麼會……釋天喃喃自語，搖著頭想否定眼前的對手。藍髮少年無法承受釋天的這種視線，主動移開目光。

看樣子他們那邊也有什麼複雜的隱情。正在十六夜改變主意，思索這下是不是乾脆該由自己一口氣對付所有人時，迷宮中響起新的嘹亮笑聲。

根據聲音，這笑聲毫無疑問出自於少女。

像是無法繼續忍耐這狀況而發出爆笑狂笑聲的少女宛如一抹雲霞，毫無前兆地出現在王座上，在十六夜和釋天面前展現自己身影。

「呼……哈哈……哎呀！真好玩！真的很有趣，牛魔王！就算是我，也完全沒有預料到這種發展！沒想到**那個**因陀羅居然會露出那麼愚蠢的表情！就連身為舊友的我，也真的是第一次看到他那種樣子……！」

抱著肚子如同雲霧般突然現身的神祕女性——不，以外表來看應該稱之為少女吧。年齡在焰他們之下。不過還在發育卻如同絲絹般柔軟的肢體，光是露出肌膚就能讓異性怦然心動。身上那件有厚度的黃色長外衣散發著神氣，但是在十六夜知道的文化中，沒能找到符合的服裝。

即使遠觀也能看出那東西使用了品質優良的幻獸毛皮製成，不過現在只能看出這一點。恐怕是從染色這步驟就運用了神域的技術，很難靠她身上的物品來推測出真實身分。

少女的頭上也跟牛魔王一樣長著角，不過可以看出似乎不是牛角。和牛魔王應該是不同種族——雖然很不想這樣認為，但她很有可能是純血龍種。

被少女搭話的牛魔王看似掃興地嘆了口氣，把棍棒扛在肩上退後一步。

「……我是不同情帝釋天，但這沒啥好笑。我以前也碰過類似的經驗，要揣摩出他的心境不是難事。」

「嘻嘻，是這樣嗎？你是兒子被佛門帶走吧……嗯，是我不好。有點胡鬧過頭了，我的同志。」

「不要緊，反正是往事——比起這些，世界王。要是妳也現身，就要報上名號……當初的預定不是這樣嗎？」

「由我來報上名號嗎？」

「當然，由身為客將的我們來做會欠缺風采，妳就高聲說出我等聯盟之名吧。」

牛魔王帶著微笑再退了一步。被稱為世界王的龍種少女刻意「嗯哼」咳了一聲，然後站在王座上，張開雙手。

十六夜擺出臨戰態勢。對方再怎麼說也是純血龍種，換句話說是最強種之一。一旦真的發生戰鬥，他必須做好打一場死鬥的心理準備。

被稱為世界王的少女似乎很愉快也很自豪地講出自身組織的名號。

「那麼，我就正式報上名號吧——專注聽好了，終末之英傑！護法之王！我等是參加太陽主權戰爭，為了克服『末世論（Kali Yuga）』而聚集的十天之王座！名為『Avatāra』！也是支配此次主權戰爭的最強王群！」

世界王指向天空，於是三人身後出現一面巨大的旗幟。

上面描繪著代表十名王者的王冠以及象徵太陽運行的轉輪。世界王挺起胸膛想要解釋這面旗幟的意義，然而她的行動沒能實現。

因為在她指向天空後的下一秒——迷宮裡突然響起地鳴聲。隨後立刻傳出像是要打破空間的汽笛音，一列龐大到能遮住迷宮上空的巨大精靈列車從天而降。

——精靈列車「Sun Thousand號」車廂內。

在雷鳴聲此起彼落的烏雲下，精靈列車依然往前奔馳。原本是要把「天之牡牛」誘導到遠離城鎮的地方，卻因為突如其來的襲擊者而不得不中止計畫。就算要逃走，也必須先驅逐車外的敵人。

謁見完女王之後，執事長斯卡哈提到的組織名稱讓西鄉焰不解地歪了歪頭。

「您是說……『Avatāra』嗎？」

「沒錯——王群『Avatāra』，這就是現在前來襲擊的共同體名號。指的是印度神話中提到的十位神明與國王，你沒聽說過嗎？」

「沒有，我是第一次聽到這名號。」

「是嗎？那麼邊走邊簡單說明吧，因為和你也不是全然無關。」

斯卡哈豎起食指，放慢腳步。焰其實很想立刻趕去彩鳥身邊，然而對敵人一無所知的話根本無計可施，所以他靜靜點頭回應。

——太陽王群的共同體「Avatāra」。

是古代印度神群中敘述到的太陽十化身。他們十人全都是擁有超然恩惠的神靈或王族，在各自的時代獲得榮光，身負要讓天下太平的使命。

第一化身「方舟」、第二化身「世界龍俱利摩（Kurma）」、第九化身「解脫者悉達多」。即使是在諸神的箱庭中，能和這三人相提並論的存在也是屈指可數。如果他們參加太陽主權戰爭，應該會成為連「萬聖節女王」都無法出手的最有利優勝者候補吧。

不過斯卡哈委婉地否定了這種可能性。

「身為『Avatāra』最強戰力的這三人基本上不會參戰吧。就算真的參加，大概也會使用『出資者（Sponsor）』名額。」

「『出資者（Sponsor）』？不是遊戲的『主辦者』？」

「對，你沒聽說嗎？這次的遊戲準備了三種身分（Position）。」

斯卡哈豎起三根手指，邊走邊說明這三種職務。

「第一，是負責管理並舉辦主權戰爭的『主辦者（Host）』。

第二，是參加主權戰爭並戰鬥的『參賽者（Player）』。

第三，是在主權戰爭中支援參賽者的『出資者（Sponsor）』。

——就是以上三種身分。按照這個分類，焰小弟你們是『參賽者』，而我和女王則是『出資者』。」

焰輕輕嘆了口氣，仔細評估斯卡哈的說明。

實際戰鬥的人，還有提供支援的人——像焰這樣的人類以參賽者的身分負責戰鬥，而諸神則將恩惠賜給自己陣營的英傑們，雙方的關係性應該是這種感覺吧。即使是擁有強大力量的神靈，要是少了優秀的棋子，還是無法在這次的主權戰爭中奪得最後勝利。女王募集優秀參賽者的行動也是基於這個緣故。

「嗯，我有想過大概是這麼回事。」

「你有預想到？」

「嗯，因為我和『Everything Company』之間正可以說是這種關係。就算來到異世界，我也不認為這種關係會輕易改變——那麼，『Avatāra』的出資者是哪裡的神明？」

焰拉回正題，針對核心提問。

斯卡哈似乎有些意外地眨了眨眼，才帶著微笑回答：

「我認為『Avatāra』是包括參賽者與出資者的聯合共同體，況且這次的遊戲在參賽者名額方面有年齡限制。」

「哦？這真是個好消息。具體內容是？」

「未成年者以外的人禁止參戰。萬一在遊戲途中年齡超過限制，會立刻轉為其他身分。根據這規定，逆廻十六夜能參賽的時間只剩下三個月。」

「……咦？」

「嗯？」

「啊，不……抱歉，請繼續。」

突然聽到的名字讓焰發出怪聲，斯卡哈帶著賊笑繼續說明。

「根據這次橫加干涉的行動以及其他不法行徑，現在的『Avatāra』應該不是正道的王群。據說想要參加太陽主權戰爭的魔王們跨越了東西南北的隔閡聚集在一起。」

「……換句話說，他們只是為了自稱為王群才取名為『Avatāra』？」

「不，也不能那樣斷定。至少在『Avatāra』的十個化身中，聽說已有三成以上參戰。這樣一來，會成為出資者的人當然也有限。」

第一化身「方舟」。

第二化身「世界龍俱利摩」。

第九化身「解脫者悉達多」。

身為最強戰力的三王之中，有一人肯定是以出資者的身分參戰。

「總之，先把身為佛門創立者的第九化身視為清白，問題是第一和第二。只是如果要喚醒他們，必須用到十二星座的『雙魚座』或是十二辰的『龍』……這部分到了開幕式就能釐清，所以也無所謂。問題是干涉你們世界的『Avatāra』成員，他們毫無疑問和星辰粒子體有關。」

聽到斯卡哈的話，焰停下腳步像是在懷疑自己的耳朵。

他滿心疑惑地望著斯卡哈，不明所以地反問：

「……請等一下，為什麼這裡會提到星辰粒子體？我不明白其中的關聯。」

對於焰的提問，輪到斯卡哈吃了一驚。

「咦？你沒聽彩鳥提過嗎？關於星辰粒子體的散布計畫。」

「……噢，原來是那件事嗎？驅使星辰粒子體具備的環境改善功能，進行地球環境治癒（Terra Healing）的夢話？」

西鄉焰露出一臉不以為然的笑容。

所謂的「星辰粒子體散布計畫」正如字面上所示，是要在全世界建設用來散布粒子體的巨塔，藉此對改善星球環境做出貢獻的計畫，也是充滿浪漫的痴人說夢。只是如果哪天能大量生產「原典（Origin）」並精密操控粒子體的動向，那的確不是完全不可能的事情。

沙漠化的大地，受汙染的空氣，持續上升的溫度等等。

只要使用粒子體的地球環境治癒能順利進行，預計這些問題只要短短三年就會改善。

然而在到達這一步之前，還有堆積如山的問題。

例如建設散布用巨塔的地點、粒子體對人體的影響、奈米危害（hazard）的可能性、宗教問題、以及和環境保護團體的溝通妥協等等……光是舉例就舉不完。

就算這些問題全都解決，接下來會碰上生產線無法全面備齊的困難。

散布計畫進行順利的話，大約過了十年，百分之十七的地球大氣內將會充滿粒子體。可是那麼大量的粒子體到底要怎麼製造出來也是個問題。

之前曾經提過「原典」本身的增加需要花費龐大的時間，利用生命體的寄生增殖又只能製造出劣化品。

要是有進行寄生增殖後，可以讓粒子體不會劣化的**特異體質人類**、動物或**植物**，自然另當別論——不過至今為止還沒有找到那麼方便的東西。

「那種荒唐無稽的計畫，就算是『Everything Company』也辦不到吧？這又不是有錢就能解決的問題，根本無法獲得社會大眾的理解。」

「哼哼，實際上如何呢？至少在這次的事件後，星辰粒子體的國際影響力將會提昇很多吧。焰小弟你想出的問題大概有一半可以因此解決。」

焰皺著眉以不高興的表情回應斯卡哈的的笑容。是啦，或許真的如她所說。

這次證明星辰粒子體對人體不但無害甚至還有益，也獲得在大眾心目中留下印象的機會，可以說是重大的成果。只要能獲得一般人民的理解，要影響國家和國際組織也會變得比較容易。

即使如此，還是會剩下最後的問題。

一旦生產線無法準備妥當，全都是紙上談兵。

斯卡哈看出焰的各種苦惱，豎起食指提問：

「那麼，我們試著換個角度吧。如果各式各樣的問題全都成功解決，焰小弟會選擇哪裡建設散布設施？」

粒子體的散布設施——斯卡哈提出的「If（如果）」的可能性雖然讓焰滿心疑惑，他還是認真地開始考察。

假設使用的不是試作階段的粒子體，而是連真正的「原典」都能夠確實取得。

首先，需要環境情報的詳細資料。

因此第一條件是想要氣候溫和而且幾乎沒有變化的土地。地軸兩端的南北極各建一座，其他最好是蓋在氣候完全不會隨著四季改變的地方。

把這些條件全部加進來考慮後，建造散布設施的地點——

「如果是我……會把散布設施**蓋在赤道線上**。」

「哦，蓋在赤道線上嗎？」

斯卡哈的聲調並沒有變化，她繼續輕快地往前走。焰把手搭在下巴上，不由自主地冒出一股不祥的預感。理由根本不必說明吧。

這場太陽主權戰爭的目的應該是要爭奪「黃道十二宮」與「**赤道**十二辰」。

可是斯卡哈先前卻偏偏暗示連粒子體也和這場遊戲有關。

（太誇張了！絕對不可能！粒子體的散布計畫——環境控制塔計畫已經中途受挫了才對……！）

一種沁心的冰冷預感爬上焰的背脊，當他正想追問斯卡哈剛剛的暗示是什麼意思時——

甚至超越雷鳴的激烈晃動襲擊車廂內部。

斯卡哈抬頭看向上方，瞬間收起原本放鬆的表情，提高警戒心。

「……那個不成熟的傢伙，沒有成功解決怪牛嗎？」

「啥？」

「抱歉，說明要半途中止。這狀況很不妙。」

焰發出變了調的聲音。

下一秒，他受到似曾相識的浮力襲擊。

＊

彩鳥使出的攻擊讓精靈列車的上空飛散出大量鮮血。

被她一箭射下的頭顱在空中旋轉飛舞。先徹底看穿風雨之後才擊出的這一箭以破天之勢直直往前飛，彈飛術師的腦袋。這不是能以人類之身使出的技藝，而是必須先具備經過鑽研鍛鍊，水準甚至已達神域的熟練武藝才有可能實現。所以沒有預料到會遭到反擊的術師只能束手無策地成為活靶，這也是必然的結果。

彩鳥接下來又射出三箭，每一箭都描繪出必殺的軌道，逼近無頭屍體。

然而射箭攻擊沒有頭的屍體是一種比鞭屍更卑劣的行為。既然已經射下頭顱讓敵人停止生命活動，應當沒有必要做出進一步的動作。

只是，彩鳥感到不太對勁。因為頭顱被擊飛的敵人在中箭之後，軀體卻保持僵直狀態。無頭屍體就這樣一動也不動地原地滯留——沒有往下掉，而是繼續停留在上空。

「……嘖，被發現了嗎？」

下一秒，**沒有頭顱的屍體動了**。

屍體單手接住轉著圈畫出弧線落下的頭顱，裝回軀體上。被分離的腦袋和身體像是什麼都沒發生過般地接合，傷口也瞬間痊癒。

用力睜大雙眼的術師脫掉遮蔽風雨的長袍，讓先前用來操縱流體的七顆寶玉開始移動。

彩鳥射出的三箭被在空中高速飛舞的七顆寶玉擋下。

（……對方果然還活著嗎？）

確認自己直覺正確後，彩鳥收起剛弓。既然剛才的攻擊都被擋下，隔著這距離很難射穿對方。敵人也不會再掉以輕心吧。

（白色毛皮的仙虎，再加上被砍頭也不會死的身體，還有在虛空中奔馳的寶玉……原來如此，老師說的「中華的俗物」是指她嗎？）

彩鳥看穿敵人的出身。世界雖然廣闊，能完美符合剛剛那些特徵的傳說卻只有一個。然而如果彩鳥的推測正確，對方將會是能與魔王相提並論的強敵。

要是她的記憶沒錯，敵人甚至還是遙遠過去被封印住的魔王之一。如果的確是那樣，就算剛剛有占得先機攻擊也不能小看對方。彩鳥保持警戒瞪著敵人。

然而被斬首的術師並沒有做什麼，只是帶著淺笑目送精靈列車離去。

術師的背後響起不以為然的聲音。

「太慢了。妳是跑去做什麼，申公豹？」

「有什麼辦法，咱到了集合地點的『Underwood』後，那裡已經空無一人……是說，你背後的那傢伙是誰？」

少女以沒禮貌的懷疑表情看向阿斯特里歐斯。

阿斯特里歐斯也驚訝得瞪大雙眼。

「那是我要說的台詞，妳說妳是……申公豹？那個中華神話《封神演義》裡的申公豹？」

「那當然啊，除了咱以外，可沒聽說過還有其他申公豹。」

自稱申公豹的少女以更加自以為是的口氣回應。短短的頭髮下是與年齡相符的柔和五官，亂翹的頭髮有點多，不過這樣反而讓外表看起來更加年幼。

只是如此一來，反而更加深阿斯特里歐斯的疑惑。他是被召喚出來並成為擔任遊戲機關的怪物，不過沒有被賦予關於中華神話的知識。因此他不確定詳細內容，可是卻記得——申公豹的外表應該是一個剛邁入老年的男性仙人。

申公豹依舊保持著一副傲慢自大的態度，但是大概可以理解阿斯特里歐斯的混亂吧。

她抓著頭，以似乎感到很麻煩的樣子指著白額虎。

「你好像有什麼失禮的誤會。所謂髒兮兮的白鬍子老頭仙人，是這個叫作白額虎的老頭變成人的形象。咱才是真正的申公豹！……明明講得嘴都酸了，紂王跟他的親信還是只把咱當成小丫頭！」

「髒兮兮是多餘的形容詞，還有一切都是因為妳本身的威嚴不足吧？所以才會老是被弄錯。」

你很吵耶……申公豹邊咂嘴邊轉開臉。這下子疑問終於解開。

記載著申公豹相關傳說的《封神演義》——是成立於中國明朝時期，歷史還很短的神話之一。這本敘述新舊道教神和神仙混戰的《封神演義》被視為寫作時間並不確定的作品，其中自有原因。

因為這部《封神演義》和《西遊記》一樣，其實是從箱庭流傳出去的神話之一。正常來說箱庭的戰鬥是諸神舉辦的代理戰爭，外界根本無從知曉。然而這兩個神話卻因為謎之因素造成外界與箱庭的情報混合，最後產生混在的時空。

即使在《封神演義》中，申公豹也是特異點之一。

無論是過去的神話還是後來的神話，自稱申公豹的這名少女都沒有被提及。

明明她在日漸激烈的封神戰爭裡是陷害許多人物導致亂世擴大的犯人——然而本身存在卻是在《封神演義》裡就已經完結，謎團重重的仙人之一。

「我大致上理解了，換句話說這個小姑娘的外表才是妳本人真正的模樣吧？」

「算是啦。真正的身體已經成年，不過這次的太陽主權遊戲好像有年齡限制，所以咱降低了肉體年齡。」

「反正腦袋還很幼稚。」

「囉唆啦老頭！是說，怪牛你也一樣吧？怎麼看都是個小孩。」

申公豹手扠著腰，以理所當然的態度說道。阿斯特里歐斯第一次聽說主權戰爭有年齡限制，不過這讓他明白為何自己是這副外表。

是嗎，原來太陽主權戰爭有年齡限制嗎？

那麼身為「彌諾陶洛斯」的他變幻成少年外表也是有理由——

「……嗚！不對……？」

這到底是怎麼回事？阿斯特里歐斯倒吸了一口氣。

由於太過驚愕，他睜大眼睛，身體僵住。

他本身——阿斯特里歐斯應該不是被邀請來參加太陽主權戰爭。

聽說和這次太陽主權戰爭的相關者，都是些擁有太陽相關逸事的人物。他也想過自己身為希臘神群代表的可能性，然而比起身為彌諾陶洛斯的自己，想來有很多更適合的人選。不可能選中阿斯特里歐斯。

那麼，阿斯特里歐斯為什麼呈現少年的外表？

這個少年的模樣，是源自於和主權戰爭無關的因素嗎？

面對這個至今為止從來沒當成問題的事實，阿斯特里歐斯愕然地看著自己不大的手掌。然而他完全沒有格格不入的感覺。毫無疑問，可以推測出大概是十五歲左右的這個少年肉體正是自己的身體。並不是讓肉體年齡產生變化，而是**少年的外表**——就是名為「阿斯特里歐斯」的克里特島王子**真正的外表**。

這代表什麼意義？

記憶模糊不清的自己要去哪裡才找得到真相？

阿斯特里歐斯感到一陣天旋地轉，他按住腦袋彎下上半身。

「怎麼了？搭交通工具搭到暈？不舒服的話可以直接吐在他背上。」

「申公豹，看樣子我該找個時間跟妳好好分一次勝負——先不講這事，你怎麼了，怪牛？如果真的要吐，我希望你可以稍微顧慮一下。」

「……沒什麼，閒聊就到此為止吧。」

阿斯特里歐斯用右手取出自己原本的武器「雙刃斧（Labrys）」。和 Keravnos 相比小了很多，然而這原本並不是用來戰鬥的武器，而是另有其他真正用途。

他以駭人氣勢撐起身體後，把雙刃斧（Labrys）的尖端朝向高速離開的精靈列車，雙眼也盯緊列車。

阿斯特里歐斯依舊不認為「彌諾陶洛斯」需要救贖。

然而，卻出現一個無論如何都必須解開的謎題。

如果知道答案的人是叫作西鄉焰的傢伙，他不能在此處放對方逃離。

阿斯特里歐斯舉起相當於迷宮語源的「Labrys」戰斧，轉動雙手——以像是在開鎖的動作砍向虛空。

*

「抱歉，說明要半途中止。這狀況很不妙。」

講出這句話的人是穿著執事服在車廂內移動的女性，斯卡哈。

她表情凝重地抬起頭，接著突然抓住焰的上臂，把他拉了過來。原本跟在她後面的焰因為事發突然而吃驚地停下腳步。

他還沒弄清楚是怎麼回事，異變隨即發生。

踏在精靈列車車廂地板上的雙腳開始略微離地浮起。這往上飄的感覺讓焰一時陷入混亂，但是不久前才體驗過同樣感覺的他立刻理解是怎麼回事。

焰抓住扶手，看向車廂的窗戶。

「難道……整輛精靈列車正在往下掉嗎？」

「非常正確！別離開我，一個不好會死喔！」

被丟進半空的精靈列車裡充斥著慘叫聲。獸人們也抓住精靈列車內的設備，但這樣下去後果不堪設想。鈴華反射性地把周圍幾個人傳送到地面附近，然而連同非戰鬥人員，車輛內還有許多乘務員，再怎麼說都來不及。

小小的群體精靈們和穿長靴的三毛貓也在車廂內滾來滾去。

「掉下去～？」

「不會掉下去？」

「不會掉下去嗎？」

「不，怎麼看我們都是正在往下掉吧！」

呀啊♪群體精靈們開心地滾動。以她們的重量來看，就算從這個高度摔向地面也不會有太大問題，但是三毛貓就出局了。

不過最危險的人，應該是站在列車車頂上的彩鳥。

抓住車頂突起部分的她已經正確掌握目前發生什麼狀況。

（坐在仙虎背上的少年……就是彌諾陶洛斯的真面目嗎？）

手持雙刃斧的少年砍向虛空的同時，彩鳥的視界充滿七色光芒，因此很容易就能察覺自己等人是被召喚到迷宮的遊戲盤面上。

在此同時，彩鳥也明白之前和焰他們的推測並沒有錯。

她一邊往下掉，同時觀察起下方的迷宮。

建造在巨大飄浮島上的迷宮想必就是彌諾陶洛斯的迷宮。儘管被拖進敵人的陣地，然而對於已經找出一半解答的彩鳥等人來說是不壞的條件。如此一來敵人也無法逃走，之後只要打倒彌諾陶洛斯就能夠破解遊戲。

彩鳥從女王給她的恩賜卡中取出愛劍，臉上自然流露笑容。

這是過去曾經挑戰眾多修羅神佛，歷經並克服無數死鬥，甚至和拜火教魔王交手過的愛劍。儘管身處敵地，心中抱有些許懷念之情想來不會被責怪。

不過彩鳥只懷念了不到剎那的時間，隨即擺出備戰動作。

（——來了！）

她以中段架勢舉起以妖精族鍛鐵術製造出的愛劍，迎擊直衝過來的兩個敵影。

相較之下，中公豹、白額虎和阿斯特里歐斯則在虛空中疾馳，逼近彩鳥。尤其是中公豹還有先前被砍頭的仇要報，所以她搶在另外兩人之前率先出手。

「妳好！妳好！斬首騎士！謝謝妳那令人看得入迷的一箭！這是咱的回禮，妳這混帳就乖乖被打碎吧！」

中公豹巧妙操控先前聚集水流的寶珠——被稱為「開天珠」的七個寶貝，將彩鳥團團包圍。

這個被稱為「寶貝」的武器是只有中華的仙道人士才能創作的武器型恩惠(Gift)，眼前飛舞的七顆珠子應該是透過操控流體飛行的武器吧。

而且還是攻擊防守速度面面俱到的萬能型寶貝。儘管沒有特別專精的分野，不過具備高度的戰略性。這種武器要是湊齊數量後使用，可以說是最難對付的類型。

中公豹也十分理解自己武器的特性。

來自四面八方上下左右的七顆「開天珠」畫出弧線包圍目標，同時發動攻擊。

彩鳥並沒有因此膽怯。既然遭到包圍，只要強行突破就行。

她從正在墜落的精靈列車車頂上跑向下方，接著立刻砍落兩顆從正面逼近的「開天珠」。雖然沒能破壞，不過這下正面就清空了。

彩鳥轉身衝向追擊而來的五顆「開天珠」。她是想攻擊申公豹本人吧，但是這行動未免過於魯莽。

就算是為了迎擊，實質上的確抽不出手因應。

「哼！妳太自大了，斬首騎士！」

五顆「開天珠」逼近彩鳥。操控流體的寶貝周圍環繞著密度高到能以肉眼辨識的氣流，以艦砲也不過如此的速度發出呼嘯聲。

不過彩鳥眼中沒有絲毫畏懼神色。

她稍微轉動愛劍的劍柄。之後刀身分開，劍的軌跡描繪出弧形。

揮動一下，刀身形成月牙狀的弧線；再揮一次，刀身如蛇蠍般盤繞。被敵人視為恐怖蛇蠍劍閃的絕技現在要挑戰仙道的奧祕。

「呼——！」

彩鳥讓呼吸配合動作，為了讀出流體的軌道而凝眸細看。剎那的失誤恐怕會招來死亡，蛇腹劍畫出的蛇蠍軌跡確實地捕捉到「開天珠」。

——原來如此，的確迅速銳利又精確。

可以感覺到先前那一箭並非偶然。然而這劍技並不具備足以打落「開天珠」的威力，蛇就算衝進暴風的中心，也只有被旋風捲走的下場。

中公豹確定自己將會獲勝，然而她有點太早下判斷。

彩鳥打從一開始就不認為自己能夠破壞「開天珠」，畢竟她剛剛才嘗試過。因此面對眼前的密集攻勢，只有一個方法能活下來。

當刮起旋風的「開天珠」其中一顆被蛇蠍頭部咬中的剎那——五顆珠子改變前進方向，全都撞上彼此。

「什麼！」

「怎麼會！」

中公豹和跟在她後方的白額虎都發出驚嘆聲。正因為兩人都能理解眼前的絕技，才會不由自主地目瞪口呆。一開始蛇腹劍的前端被「開天珠」周圍的旋風捲入，到此為止都符合中公豹的預測。然而彩鳥卻用力扯回被捲入的蛇腹劍，藉此擾亂氣流，改變一顆「開天珠」的軌跡。

氣流被擾亂軌道也被迫改變的「開天珠」紛紛開始互相撞擊。

如此一來，彩鳥與中公豹之間已經沒有任何阻礙。彩鳥原本想一口氣縮短距離，然而白額虎和阿斯特里歐斯卻為了阻止她而快速逼近。

白額虎背上的阿斯特里歐斯把雙刃斧（Labrys）高舉到頭頂再用力揮下。彩鳥從卡片中另行取出剛槍，單手擋下這次攻擊。當然她的力量比不上對方，不過彩鳥從一開始就不打算正面衝突。

雙刃斧的這一擊意圖擊潰彩鳥，結果卻沿著稍微傾斜的槍柄滑開，最後砍向虛空。依循慣性滑落的雙刃斧在槍柄上摩擦出火花，這並不是偶然造成的現象，而是彩鳥預測出持有者無法有效控制住斧頭的時機然後放斜槍柄。

「嗚……妳這傢伙，跟之前是不同人嗎？」

阿斯特里歐斯與白額虎往後跳並拉開距離。儘管是讓人羞愧的行動，但瞬間判斷出接近戰對自己不利是正確答案吧。畢竟彩鳥施展的武藝每一項都超脫常軌。

然而彩鳥的追擊並沒有遲鈍到會放過敵人。

只要製造出破綻，就要進逼到底。

被老師如此嚴格教導的她一旦逮住敵人，就不會輕易放手。收起劍和槍的彩鳥並沒有縮短距離，而是再度拿出剛弓快速射擊。

一次呼吸就連續射出的三箭掠過阿斯特里歐斯的右肩、左腳以及臉頰這三處。這高超的技術讓敵對的三人修改評價，明白自己的敵人擁有已達神域的本領。

「嗚——好強……！」

阿斯特里歐斯苦悶地說道。和他還是怪牛時的那次戰鬥相比，這戰鬥能力根本判若兩人。或者該說是武器的性能——不，性質有所變化。

近距離的槍、中距離的蛇腹劍、遠距離的剛弓。

在所有距離都能巧妙地玩弄敵人，甚至推翻數量上的劣勢，真是讓人難以置信的精熟武藝。憑阿斯特里歐斯的身手實在難以對抗這個女王騎士，而且她的武器簡直是雙刃斧的剋星。

然而無論女王騎士實力多麼高強，對某些事情依舊無計可施。這輛精靈列車正在往下掉的現狀就是其中之一，一旦先前還殘留的靈脈加護完全消失，落下的速度將會加快。

彩鳥焦急地確認周圍。

（不妙……再這樣下去會猛烈撞擊迷宮……！）

她把槍刺在車頂上——這時，鈴華突然在彩鳥眼前現身。

「小彩，抓住我！」

「鈴華？妳……妳為什麼跑來車頂？」

「之後再說！現在必須先阻止列車墜落！」

「咦？鈴華妳？要阻止列車墜落嗎？」

到底該怎麼做？彩鳥的表情完全恢復成普通少女。她混亂地舉起蛇腹劍，大概是想用這把劍纏住鈴華吧。只是這樣做並沒有太大意義。彩鳥很清楚再這樣下去情況危急，偏偏沒有其他辦法。

鈴華倒是意外冷靜。

她無視驚慌失措的彩鳥，直直看向申公豹。然後朝著申公豹伸出右手，再放開抓住彩鳥的左手——

「讓列車浮起來的辦法——**找那女孩要就行了！**」

下一瞬間，鈴華離開精靈列車，從車頂落向空中。然而往下落的狀況只有持續短短一瞬間。全身纏著氣流的鈴華**開始在車頂上飛翔**。

「咦……呃……啊！」

申公豹發現她手上握著的東西是一顆「開天珠」，這才猛然回神開始清點珠子。才剛發現只剩下六顆，結果馬上換成第六顆「開天珠」消失，出現在鈴華手上。

申公豹混亂地大叫：

「怎……怎麼回事！為什麼咱的『開天珠』被奪走了？」

「不好……！那丫頭就是空間轉移能力者嗎？」

白額虎回想起之前在車頂的攻防，忍不住狠狠咂嘴。

同時，他也理解鈴華的恩惠到底有何種功能。

其中之一是「把某個物體轉移到遠方的能力」——「Asport」的恩惠。

弩砲箭矢能在被發射出的狀態下被轉移過來，就是靠這個能力。要是轉移靜止的弩砲箭矢，不會造成那種狀況。這也是強大的恩惠，不過她還有另外一個具備相反特性的恩惠。

那就是「把遠方的物體轉移到身邊的能力」——俗稱為「Apport」的恩惠。對於使用武器的人來說，這是最可怕的恩惠之一。

因為**武器會被無條件奪走**。

而且看申公豹現在的反應，似乎有連所有權都一併失去的可能。既然如此，就不能隨便使用仙道的寶貝。

「怎麼會這樣……要是『模擬神格・星牛雷霆（Proto Keravnos）』被奪走可就糟了！我要拉開距離！」

「等……等一下！咱的『開天珠』怎麼辦？——哇！才剛講完第三顆又被偷走了！」

嘎啊！申公豹滿心憤慨，還因為氣昏頭而想拿出其他寶貝。當然這種行為只會有反效果，因此白額虎叼著她的後領躲進迷宮的遮蔽處。

另一方面，鈴華雖然取得三顆「開天珠」，但這個恩惠實在太難操作，無法立刻運用自如。她鑽進精靈列車的下方，利用「開天珠」的力量支撐，然而還不足以阻止墜落。再這樣下去，鈴華會被精靈列車壓垮。

車頂上的彩鳥開口大喊：

「鈴華！不可以待在列車下方！妳無法遠距離操作『開天珠』嗎？」

「一……一離開身邊就會變得難以控制……可能沒辦法離得更遠……！」

「開天珠」在周圍胡亂刮起暴風，這就是輸出不集中的證據。那種狀況下，原本能帶著飛起來的東西也會帶不動。彩鳥動了乾脆把列車切斷的念頭，可是精靈列車的裝甲過於堅固，就算是她也無法破壞。

事已至此，只能轉移到盡量靠近地面的位置。雖然靠著鈴華的力量已經減慢不少速度，不過車廂內還是會受到相當大的衝擊吧。問題是沒有別的辦法。

然而這時，列車的車窗傳出女性的喊聲。

「喂~那邊的少女！妳表現得很好，接下來就交給我吧！」

同時，往下掉的精靈列車被巨大的黑影包覆。

「咦？——哇，這是什麼玩意兒？」

黑影巨大到可以把整輛精靈列車「Sun Thousand號」包在裡面。擋下車身後，影子緩緩地把列車放到地面上——但是列車畢竟如此龐大，導致一大片迷宮遭到破壞也是無可奈何的結果。

迷宮和精靈列車的設備一一瓦解。

即使如此，看列車本身平安無事的樣子，果然建造得相當堅固。

彩鳥跳下列車車頂，立刻明白是誰救了列車。

（這是老師的「影之城（Dun Scaith）」？原來還有這種使用方法！）

自稱是執事長的斯卡哈——其實，她是真真正正的神靈。

這位女神除了不是著名的神靈，再加上是從祖靈崇拜的概念中誕生，因此系統（Roots）曖昧不清。

而且還在北歐與凱爾特兩個神群中分別有不同的逸事，可以說是特例中的特例。

身為掌管太陽陰影和死亡的神靈，她能使用的「影之城」是擷取「萬聖節女王」居城影子而成的恩惠。這是女王在自身沉睡的夜間把凱爾特世界交付給她的證明，也顯示出只有在這影之國中，她擁有和女王對等的立場——不過，現在還是白天。

因此「影之城」無法完全使出原本的力量。

（老師的狀況在這時間並非常態。也就是說，還是只能靠我好好奮戰。）

彩鳥繃緊神經集中精神。不過，她的狀態也尚未恢復正常。

先前也是一樣。如果是以前的她，應該可以利用彈開的「開天珠」讓三名敵人都受到致命傷吧。也難怪彩鳥會感嘆自己的武藝退步不少。

畢竟外界實在太和平了。她之前就已經聽說除了特定的紛爭地帶，一般來說除非是發生什麼特別異常的事情，否則生命不會受到威脅。

怪牛、仙人、星獸。這種水準的敵人正好拿來當作**準備運動**。

彩鳥重新舉起蛇腹劍。

就在這時，背後傳來鈴華等人的聲音。

推開迷宮的瓦礫和塵土並爬出精靈列車的鈴華一邊像貓那樣甩著頭，同時站了起來。後面跟著西鄉焰和斯卡哈。

「這……這次我真的以為死定了……！我來到箱庭以後已經有三次差點掛掉，這樣可不可以領到職災給付啊！你覺得如何，兄弟(Brother)？」

「哎呀，我想應該不可能，姊妹(Sister)。」

「哎呀，這點小事女王應該願意出錢吧？雖然看起來是那樣子，但是女王付錢時很爽快喔。」

「……鈴華、學長、老師，請你們看場合說話。」

看到同伴們逃出生天後居然聊起這種重點錯誤的話題，讓彩鳥似乎很疲勞地垂下右肩。

但是現在放心還太早了。

＊

——在迷宮內稍遠之處。

原本躲在迷宮遮蔽處的中公豹等人和精靈列車拉開距離後，以為難的語氣交談。

「……不行，『開天珠』完全被奪走了，咱這邊沒辦法操控。」

「這樣啊。光是女王騎士就難以對付，居然還出現擁有特殊轉移能力的傢伙，這下可麻煩了。」

「對啊。咱們仙人不用寶貝的話，其實戰鬥力不算強……是說，剛才的女王騎士真厲害！居然可以用武藝擊退寶貝，是不是繼黃飛虎之後第一個能辦到這種事的人啊，白額虎？她手上的蛇腹劍只是普通的鐵劍吧？」

「嗯。雖然是形狀奇特的武器，不過似乎不具備特別的恩惠。只能說是實在高明——傷腦筋，我碰上那個騎士討不了好。」

白額虎咬著牙，尷尬地說道。

申公豹也像是無計可施般地隨便揮了揮手。

「咱也一樣。戰鬥地點是視野開闊的場所還可以另當別論，在這種到處都有地方可以躲藏的場所根本不能隨便使用寶貝，想也知道一旦使用就會被轉移能力搶走。要是可以把他們殺光那又是另一回事啦——是說白額虎，那個會轉移的傢伙還有使用影子的女人也是女王騎士？」

「我不知道會轉移的小丫頭是不是，不過用影子的傢伙應該是。如果先前看到的影子是『影之城』，那麼對方肯定是斯卡哈。」

「……哦？傳聞中那個擁有凱爾特和北歐雙方傳說的神靈？要是剛剛那招是凱爾特魔術的招式，我們是不是也該小心盧恩(Rune)魔術？」

「實際上如何呢？畢竟那兩種魔術致命性地相剋。而且基本上那個女神應該在西元前就已經存在，和盧恩魔術想來無緣。」

白額虎冷靜地分析敵人的靈格。

雖說斯卡哈現在的確設籍於凱爾特神群，但是古代凱爾特魔術和北歐盧恩魔術本來應該是分屬於不同文化圈的魔術——不，根本問題是當斯卡哈移籍到凱爾特神群時，其實盧恩魔術這種魔術體系還不存在。

畢竟她本身是在西元前就確立靈格的女神。

所以不可能會使用西元後才出現的盧恩魔術。

白額虎曾經聽說斯卡哈後來分得由相識神靈製造出的盧恩魔術輝石，不過因為許多方面都提出異議，認為那樣有破壞魔術體系的可能，因此到最後她還是把盧恩輝石全都退還給北歐方面。

由於文化圈過於不同，在文字價值薄弱的古代凱爾特神群中，盧恩魔術幾乎沒有意義。斯卡哈之所以不得不立刻使出「影之城」這種規模的大型恩惠，或許是因為魔術禁止令至今仍然有效。

「精通武藝的女王騎士，轉移能力者，再加上女王親信的影之王。若是只有我等，形勢實在不利。要是『Avatāra』的其他成員有來到這裡，叫他們來幫忙──」

這時，白額虎猛然察覺到自己的背上很輕。

「──喂，申公豹。那隻怪牛上哪去了？」

「嗯？剛才你咬著咱逃走時，他就跳下去啦。」

申公豹滿不在乎地回答。

白額虎半張著嘴傻住。

「妳……妳是白痴嗎！這種事該早點說！我等的任務是要先確實掌控住他啊！」

「咦？是那樣嗎？咱什麼都沒聽說耶！」

「全是些沒辦法做到報告聯絡商量的傢伙！夠了，我們要立刻去找──」

「沒有必要那樣做。」

慌張的兩人面前吹起一陣黑風。

同時，出現一名身穿黑色斑點服裝的少女。身為仁．拉塞爾的隨從兼得力助手的黑死斑之珮絲特把一封信遞給兩人。

「你們兩個都辛苦了。看來有順利誘導對方，所以你們可以回去了。」

「……什麼？」

「不！先等一下，珮絲特！咱的『開天珠』該怎麼辦！」

「那種事情我才不管。講到寶貝，妳不是從太上老君和元始天尊那裏搶到了一大堆嗎？」

「那是那，這是這！就說對自製武器的愛情不一樣啊！」

申公豹嘎嘎怒吼。面對吵鬧的申公豹，珮絲特露出覺得這傢伙很麻煩的視線，然後摀住耳朵瞪向她。

「聽我的就對了，要是繼續待在迷宮，你們會被波及。」

「被波及？被什麼波及？」

白額虎壓抑著不滿情緒發問。要是阿斯特里歐斯手上的「模擬神格．星牛雷霆（Proto Keravnos）」被解放出來，確實會演變成激烈戰鬥，但是她這番話聽起來別有所指。

珮絲特也明白白額虎想問什麼。

她在身邊刮起不祥的黑死旋風，抬頭看向天空，似乎很愉快地回答：

「那還用說，當然是指和那個會把入侵迷宮的人毫無區別地全部吃掉的食人怪物……也就是和**真正的彌諾陶洛斯之間的戰鬥。**」

＊

——稍微回溯一點時間。

正在迷宮中心和自稱「Avatāra」的敵人對峙的逆迴十六夜也抬頭望向墜落的精靈列車，狠狠咂嘴。

（那是……「Sun Thousand 號」！波羅羅允許發車了？）

十六夜立即掌握狀況。他們恐怕是想利用精靈列車來逃離「天之牡牛」，卻在途中連同精靈列車被一起召喚到彌諾陶洛斯的迷宮，肯定是這樣沒錯。原本是一步好棋，這次是被對手的招式剋到。

要是沒人去接住，精靈列車將會猛烈撞擊迷宮。十六夜正打算跑向精靈列車，下一瞬間王座那邊衝出兩個人影。

「怎麼能讓你過去！你去負責擋下帝釋天，阿周那！」

「知道了。」

牛魔王跳向十六夜。

至於手握神弓的少年則是簡短表達了解，主動靠近御門釋天這個敵人。

身上帶有雷光的藍髮少年朝著釋天舉起神弓。勉強接下牛魔王棍棒的十六夜聽到藍髮少年的名字，臉上滿是驚愕神色。

他封住棍棒動作造成僵持狀態後，對著牛魔王發問：

「阿周那……？你剛剛是叫那個小鬼……阿周那嗎？」

「哼！管東管西還真忙啊，逆廻十六夜！你現在有空擔心別人嗎？」

牛魔王巧妙轉動被擋下的棍棒，用棍柄部分從下往上敲擊十六夜的腹部。不過十六夜立刻用右手手背擋下這一擊並且反推回去。對付長柄武器，縮短距離是上策。

在這種貼近對方的距離下，不管是棍棒的前端還是棍柄都無法順利擊出。

沒想到你這麼有一套啊……牛魔王喃喃自語，試圖拉開距離。

然而十六夜沒有寬大到會放過後退的對手。牛魔王跳向後方的時候，上半身有點往後仰，這種姿勢會讓雙手和軀幹都無法使力。

於是十六夜踢飛棍棒，追擊赤手空拳的牛魔王。

牛魔王連連眨眼，像是打心底感到佩服。

「——原來如此，偶爾搏擊也不錯！」

他沒有拉起往後仰的身體，而是往後一翻，這次確實以從下往上的動作擊中跳過來的十六夜身體。被打中心窩的十六夜咳了起來。

簡直能奪走意識的衝擊讓十六夜頭暈目眩。

在這三年內承受過的攻擊中，這一擊能排上前幾名。根據情況，即使被一拳打昏也很正常。十六夜咬傷嘴唇，藉此勉強保持意識清醒。

這次換成依然徒手的牛魔王為了追擊而主動縮短距離。

然而十六夜當然不會讓對手輕易得逞。他判斷在自己姿勢失去平衡的狀態下難以迎擊——所以拿出全力，踢飛腳下的地面。

「有什麼……好囂張！」

地面掀起，一口氣襲向牛魔王。但是嘍囉妖怪還另當別論，牛魔王身為大陸數一數二的大妖怪，當然不會被這點虛張聲勢嚇到。

大概會把一般堡壘沖個半毀的土砂波浪不斷破壞迷宮的牆壁，卻不足以擋下牛魔王的衝鋒。他展現出即使身處爆炸也可以繼續前進的強韌。

牛魔王接近後，以手掌底部打向十六夜的下顎。

然而十六夜早已預測到這一擊。他只有晃動頭部，利用最低限度的動作來避開之後，用腋下夾住伸向自己的右手，試圖把牛魔王按倒。

十六夜以熟知關節可動區域的動作扭動手臂，讓牛魔王狠狠撞向大地。

「唔……！」

「哈……！被我猜中了，牛魔王！你這傢伙——和蛟魔王是同門吧！」

從破壞四肢平衡開始，接著攻擊心窩，讓對方無法行動後才下殺手。十六夜對這一連串手法還有印象。

從十六夜的俐落動作中看出一些端倪的牛魔王雖然依舊被壓制，還是咧嘴露出笑容。

「哦？我還在想你的預測居然如此精準，原來是拜蛟劉那傢伙為師嗎？」

「怎麼可能是那樣，頂多是在自學時拿來當參考而已。因為講到徒手戰鬥，那傢伙可是最強……哼！」

十六夜使勁扭動牛魔王的關節。儘管來不及趕去阻止精靈列車，不過撞上地面的聲音倒是相當小。大概是女王或她的親信有出手吧。

相較之下，牛魔王明明被按倒在地，卻打心底感到愉快般地哼哼笑著。

「我倒覺得模仿也充分算得上是一種求教……不過原來是這樣，乾枯漂流木也終於點燃了嗎？」

「沒錯，現在他是東區的『階層支配者』。我想那傢伙也會很驚訝吧，下落不明的義兄居然加入了和自己敵對的『魔王聯盟』下層組織。」

十六夜以帶有斥責的視線看著牛魔王。

「魔王聯盟」——據說是由在各式各樣神話歷史中橫行作惡的魔王們共同成立的聯盟組織。十六夜被召喚來之後，和這個在箱庭極盡暴虐無道之事的「魔王聯盟」曾經多次敵對。

自稱世界王的少女講出的「Avatāra」，應該也是過去隸屬於「魔王聯盟」的印度神群魔王們現在置身的組織。

「雖說這三年以來似乎還算安分，看樣子那些傢伙也開始針對太陽主權戰爭展開行動。我有很多事情想問，你就準備好好招供吧……！」

十六夜把牛魔王的關節往反方向凹折。他大概是想先折斷對方的手臂，奪走四肢的自由吧。然而牛魔王卻滿不在乎，只是強忍著笑意。

「哼哼，原來如此。你們似乎誤以為『Avatāra』是魔王聯盟的基層……不過那可是過去的事情。」

「什麼？」

「世界王有清楚報上名號吧？說『Avatāra』本身就是**王群**。換句話說，聚集於『Avatāra』旗下的成員已經不只是魔王……！」

明明關節已被扣死，手臂依舊被十六夜控制住的牛魔王卻還是膝蓋用力，若無其事地站了起來。這下連十六夜也不由得大吃一驚。

他從先前開始就不斷用力，試圖折斷牛魔王的手臂，卻完全沒有要成功的跡象。

（這傢伙……！我和蛟劉的腕力根本遠不及他……！）

就算十六夜使出渾身的力氣，牛魔王的手臂依舊紋絲不動。或許他有得到什麼特殊的恩惠，然而就算是那樣，還是讓人難以置信的怪力。

「不過畢竟是你的要求而不是別人，回答問題這點小事倒是可以配合……只是你**繼續保持這樣**真的好嗎？」

「嗚——！」

牛魔王的上臂傳出嘎吱響聲。

察覺到危險的十六夜放開牛魔王的手臂，卻還是慢了一步。

牛魔王之前乾脆扛著扣死自己手臂關節的十六夜站了起來，現在更是隨性地直接甩動手臂。連十六夜都不被當一回事的剛強力量讓迷宮響起甚至會震破鼓膜的巨大聲響。十六夜激起土砂的爆炸根本無法與之相比。

還不到一秒，垂直揮出的拳頭就造成了綿延數公里的裂痕，粉碎迷宮的牆壁。被衝擊波打飛的十六夜撞破了好幾道迷宮的牆壁。

（好痛……這傢伙的力量也太誇張……！）

瓦礫中的十六夜按住腦袋。單論臂力，他在自己至今交手過的敵人裡是並列第一。武技方面應該是蛟劉比較優秀，不過臂力的差距如此巨大，武技的優劣根本是微不足道的問題。

而且既然敵人身為魔王，肯定持有可作為王牌的奧義。

那是被稱為「主辦者權限」，只有高位修羅神佛才能行使的箱庭最高權限。如果對方現在使用出來，十六夜必然會落入劣勢。

（混帳！我這邊現在正在為了主權戰爭進行準備啊！早知道會這樣，應該先完成準備才對……！）

以手中現有的籌碼來看，勝算實在不大。不然就是會波及周圍。

十六夜狠狠瞪著從容靠近的牛魔王。正如牛魔王自己所說，面對他這個敵人時，確實無法分心顧及其他事情。十六夜把全副精神都集中在牛魔王身上，專注投入戰鬥。

*

另一方面，御門釋天也因為叫作阿周那的藍髮少年而被迫陷入苦戰。

推定是神格武器的弓接二連三迅速射出的閃電箭矢媲美轟炸。釋天讓金剛杵變化為雙叉槍並應戰，然而雙方的火力根本天差地別。

他只能邊喘氣邊四處逃竄，最後帶著怒氣大吼：

「喂……你……你給我等等，阿周那！快說明這是怎麼回事！為什麼你會牽扯上太陽主權戰爭？這事跟你完全無關吧！」

「我沒有什麼話可說，只有一點可以肯定，那就是彼此現在互為敵人！……您也該停止逃跑，拿出真本事如何呢，**我的父親！**」

阿周那帶著怒意射出藍色的閃電箭矢。釋天驚險閃過，但是被箭矢射中的地面傳出爆炸聲，土石也被掀起。遭到波及的釋天被炸飛了出去，在地上連滾了好幾圈才勉強站起，狠狠瞪著自己的兒子阿周那。

和他面對面的阿周那臉上的確有釋天的影子。

會讓人聯想到雷光的藍髮大概象徵著遺傳自父親的神格吧。

釋天帶著困惑把金剛杵指向阿周那，再度發問：

「……為什麼，阿周那？的確有不少英傑被召喚到箱庭後才誤入歧途，然而那些人都對自身生涯抱有愁悶。引導國家平定，應該在靈山安穩沉眠的你為什麼會加入『Avatāra』，還想參加太陽主權戰爭？」

釋天難得以平靜語氣發問，從他的語調可以聽出相信只有自己兒子絕對不會偏離正道的父母心。

這也是理所當然。帝釋天（因陀羅）雖然是印度神群最古老的神明之一，同時也是最強大聰明的神靈，不過卻有著為了後續神靈以及後世的各種宣傳而不得不縮小靈格的坎坷經歷。不過這樣的他，擁有一個沒有任何陰影的至寶。

大英傑阿周那——在曾經是階級社會的古代印度，被稱為最強戰士（剎帝利）階級的半神半人男性。現在之所以使用少年的外表，大概是為了參加太陽主權戰爭。

然而釋天不清楚他的理由。的確，太陽主權有許多恩惠。

二十四個太陽主權擁有足以干涉人類歷史的強大力量，只要入手的數量夠多，甚至可以改變阿克夏記錄（Akashic records）。

可是在他兒子阿周那的人生中，應該不需要那種東西。他身為無懈可擊的大英傑，照理說已經帶著這份光榮活完一生。

藍髮少年阿周那以苦悶表情承受釋天的視線。

而這帶有苦悶的表情，慢慢被自嘲的笑容取代。

「……父親，軍神因陀羅啊。就算是您，也不願理解我真正的痛苦嗎？」

「你說什麼？」

「我的確被賜予榮光。有和樂的家庭，有可靠的同伴，平定戰爭，立下許多戰功……對於我這種得到『最強的剎帝利(Kshatriya)』稱號的人生，提出異議的行為本身就是不知輕重的冒犯吧。」

那麼你為何要——面對釋天如此發問的視線，阿周那帶著尖銳怒氣反問：

「那麼我反過來提問吧。對於我參加太陽主權戰爭的行為，您真的沒有任何頭緒嗎？對於我即使讓過去獲得的榮耀掃地也想參加戰鬥的理由，您真的連一個都想不到嗎？」

每提出一個問題，阿周那的怒意就越加強烈。然而釋天只是皺起眉頭。

……其實他並非完全沒有頭緒。

只有一件事，讓他覺得是可能的答案。

然而釋天實在不認為——**就因為那種事**，使得這個名震天下的大英傑願意協助魔王。

「……太蠢了，我不知道是哪個人灌輸了你什麼事情，但是你應該沒有協助現今的『Avatāra』的正當理由。」

「這話倒是奇怪了。『Avatāra』原本是為了在末世拯救人類歷史而聚集的太陽王群，我的友人設籍於此也是基於這個理由。被稱為最強剎帝利的我出手幫忙，反而該說是理所當然的事情吧？」

「本來是那樣沒錯，但**現在的**『Avatāra』並沒有發揮正常功能！你也有察覺到這一點吧！還是說你真的想讓『Avatāra』墮入魔道？」

面對無意表明真心的阿周那，釋天忍不住大聲怒吼。

這時，阿周那有些意外地瞇起眼睛。

「……真讓我驚訝。看來以您的地位，也沒被告知第三類永動機與太陽主權的關聯性。明明那是該由『Avatāra』擁有並管理的東西。」

第三類永動機──聽到這名詞，讓釋天再度一時語塞。

身為古代印度神話英傑的阿周那不可能清楚永動機相關的事情。那麼這想必是「Avatāra」擁有的情報。而且換句話說，代表「Avatāra」這個組織可能已經開始干涉現代。

（難道有人在我等「護法神十二天」還沒注意到時就已經前往外界？）

原本這種事情絕對不可以發生。

從箱庭干涉外界的所有狀況與現象，應該都會向被稱為天軍的他們報告。意思是現在有人瞞過他們的監視，正在外界活動嗎？

釋天狠狠喝斥阿周那，他卻閉上眼睛堅持沉默，沒有要回答的樣子。

之後阿周那明白自己無法得到父神的理解，因此讓憤怒轉換為悲傷，舉弓搭箭。

「問答到此為止。從今以後，我不會再把您當成父親。如果您想問出我的真心與悲慟，還有『Avatāra』的真實——就認真放馬過來吧，軍神因陀羅！」

神弓上宿有閃電。阿周那持有的神弓是一旦認真使用，甚至能橫掃樹十萬敵人的真正神格武器。他把如此強大的力量洪流灌注到一箭之上，瞄準親生父親。

到此為止，御門釋天都努力保持比較冷靜的態度。然而——

下一瞬間，迷宮裡開始響起轟隆雷鳴。

把頭髮往上撥的釋天瞪著阿周那，太陽穴不斷跳動。

「你說……認真放馬過來……？」

對於兒子的不敬，他終於**完全爆發**。

或許會被指責是時代錯誤，然而在他們過去存在的時代和文明中，兒子對父親這樣說話是不被允許的行為。更何況他還身為神靈。

藍髮上開始竄過神雷，表現出怒髮衝冠的模樣。

如果是一般的戰士，光是被他瞪個一眼就會嚇得全身僵硬吧。

御門釋天放出足以讓地盤溶解的熱量，帶著憤怒對親生兒子大吼：

「哈！事情根本沒有複雜到需要問答！對於快要走錯路的笨蛋兒子，痛毆一頓再好好說教才是正道！哭了我也不管喔，蠢兒子！」

天上落下無數落雷，可以看出釋天光是展現怒氣，就讓天候開始惡化。阿周那預感到將會有一場激戰，立刻放出神弓的箭矢。

釋天高舉金剛杵，召喚神雷迎擊。

伴隨著一次次的激烈爆炸，跨越數千年的父子吵架開始上演。

＊

迷宮中逐漸出現激烈的地鳴聲和紛飛的塵土，這應該是迷宮內各處都在進行激烈戰鬥的證據。隔出道路的牆壁被接二連三地破壞，遲早會變成一片空地。

西鄉焰等人所在的地方也同樣成了開闊的場所。

因為精靈列車的車身破壞了迷宮的牆壁。

之前和申公豹與白額虎交手過的彩鳥身上並沒有任何傷勢，直接連續參戰應該也不成問題。反而因為鈴華奪取了敵人的寶貝，讓我方在戰力上更有優勢。就算讓她參戰是免談的事情，鈴華擁有自衛手段會讓彩鳥戰鬥起來更加容易。靠轉移奪取也是一種很好的牽制吧，這樣一來，可以認定那兩人幾乎已經被無力化。

「————」

沒錯——在真正的敵人說出這句話之前，彩鳥都是如此認為。

「別動，轉移能力者。」

從瓦礫另一端出現的少年對鈴華下令。彩鳥反射性地想要做些什麼，但是她也不能隨便行動。無論彩鳥是否願意，只要看到少年右手握著的武器，恐怕都不得不乖乖聽話。

怪牛阿斯特里歐斯手上的武器並不是先前的「雙刃斧(Labrys)」。那是為了把對象召入迷宮而製作的祭祀用品，並不是用來戰鬥的東西。

「模擬神格・星牛雷霆(Proto Keravnos)」——在十二星座中擁有最強破壞能力的戰斧。

帶著光輝並迸發出閃電的巨大雙刃斧展現出似乎隨時要打響雷鳴，殺死彩鳥等人的威嚇感。一旦使用，會把敵人連同迷宮一起擊穿吧。

彩鳥冒著冷汗看著阿斯特里歐斯手上的神格武器。

（神格武器……！不好，沒想到他居然擁有這種東西……！）

因為順利和焰等人會合，一瞬間的安心卻成了破綻。

這也是過去的彩鳥絕對不會嶄露出的失態。雖然她在心中估算著蛇腹劍的攻擊距離，但敵人只要一揮就能發動神格武器吧。

就算是彩鳥也來不及出手。

鈴華也是一樣。她只要舉起右手就可以奪走武器，因此鈴華冒著冷汗窺探能搶走戰斧的機會，斯卡哈卻伸出右手制止，對著她搖了搖頭。

「嗚！為什麼……！」

「別亂來。除非是出其不意，否則不會成功。只會連累大家一起死掉。」

斯卡哈的制止簡潔精要又直指核心。儘管是來自陌生人的簡短發言，聽起來卻很有現實感。大概也是因為對方是在場人物中最年長的一位，不過這並不是唯一的原因。

鈴華驚訝得張大眼睛，最後還是把話吞回肚裡並往後退開。

依舊舉著神格武器的阿斯特里歐斯一一確認所有人的臉。

彩鳥、鈴華、斯卡哈——最後，他看向西鄉焰。

（……是這傢伙吧。）

這少年從身高判斷，年齡大約是十五歲，和現在的自己差不多。儘管阿斯特里歐斯總算找到目標對象，但對方的脆弱靈格卻讓他很困惑。

如果要問為什麼——是因為再怎麼說也不該如此掃興。光是看少年站著的樣子，就可以判斷他的心技體都在平均以下。別說獸人，大概連克里特島的人民也能夠輕易斬下他的腦袋。

這傢伙有什麼可以拯救自己？不，在講到拯救之前，對於自己身上的謎題，他有能力準備解答嗎？這下連後者都讓人懷疑。

阿斯特里歐斯以煩躁的眼神看著西鄉焰。他腦中閃過乾脆立刻分出勝負的衝動想法，但是該問的事情還是要問。要是自己無法接受對方的回答，就立刻揮動 Keravnos。那樣一來，這場恩賜遊戲也會了結。

把視線放在西鄉焰身上的他提出最初也是最後的問題。

「那邊的傢伙，沒有什麼話該對我——『彌諾陶洛斯』說嗎？」

阿斯特里歐斯允許對方說話，不過沒有解除武裝。儘管這種行為等同於脅迫，他依舊不打算手下留情。Keravnos 放出的光輝越加耀眼，彷彿隨時會解放閃電。

他靜靜等待西鄉焰回答。

然而身為當事者的西鄉焰卻驚訝得瞪大雙眼，整個人僵住不動。這並不是阿斯特里歐斯的發問造成的反應，他根本沒有把阿斯特里歐斯的發言聽進耳裡。知道眼前的人是彌諾陶洛斯的真面目後，依然全身僵硬的焰繃緊表情。

「——真的假的？」

真是難以置信……焰喃喃說著和阿斯特里歐斯的提問沒有關係的發言。如果是試圖討價還價的回應，阿斯特里歐斯已經不由分說地揮下 Keravnos 了吧。

然而焰的樣子明顯有異，讓阿斯特里歐斯也露出疑惑的表情。回想起來，自從他在此出現後，焰就對阿斯特里歐斯表現出驚愕反應。

換句話說，這個人——西鄉焰是因為**阿斯特里歐斯的外表本身而大吃一驚**，而且還受到衝擊。

這也是阿斯特里歐斯本身感到疑問的部分。原本以為沒什麼希望找到答案，但或許眼前的少年知道些什麼。

阿斯特里歐斯把 Keravnos 往下壓，加強語氣再度發問：

「怎麼樣？你知道關於我的什麼事情？我這個少年的外表是怎麼回事？我……我不是克里特島的怪牛，阿斯特里歐斯嗎……！」

隱藏的本心和焦躁一起傾瀉而出。

讓他認為自己是「傳說中的彌諾陶洛斯」的依據只有一個。

地中海的浪濤聲與清澄的藍天，還有白色的街景。只有這份記憶讓阿斯特里歐斯能夠抱有確信。

然而人的記憶並非實際物證，沒有確實證據的證據無法引以自豪。

所以，他希望至少有哪個人可以做出保證。

……原來如此，自己或許的確需要救贖。阿斯特里歐斯在內心對一直虛張聲勢的自身露出自嘲笑容。如果西鄉焰真的能夠回答，那麼也可以不把他吃掉。

——你的回答到底是什麼？阿斯特里歐斯以暗示這是最後通牒的視線發問。

焰雖然有看出視線裡的意思，不過他並不打算立刻回答，而是摀著嘴巴，依然一臉苦澀。

當他沉浸於思緒大海時，基本上都沒在聽別人說話，也不會詢問意見。直到得出自己能接受的解答之前，他也不會開口講出一言半語。

遠處響起地鳴聲，迷宮內充滿雷光。總算察覺時間實在不多的焰突然抬起頭。

「阿斯特里歐斯……你冷靜下來聽我說。我想接下來，大概會**發生恐怖的事情**。」

這回答出乎阿斯特里歐斯的意料，連旁邊的彩鳥等人也以不解表情看著彼此，甚至連要判斷這句話到底在暗示什麼都有困難。焰也猶豫一陣像是在斟酌用詞——然後才講出最後的勝利條件。

講出能「抹滅雷光」的發言。

「阿斯特里歐斯，你——**不是彌諾陶洛斯。**」

當焰講出這個真相的下一秒。

迷宮內開始響起真正食人怪物的脈動。

在白色的石造迷宮中心。第一個察覺異變的人，是坐在王座上開心觀戰的世界王。

她原本抱著膝蓋，愉快地嘀咕著「年輕真好～」這類從外表根本無法想像的老成發言，卻因為迷宮裡迴盪的巨大脈動聲而挑起一邊眉毛。

「……哎呀？風向變了，是有人破解遊戲了嗎？」

世界王嘟著嘴鬧起彆扭，大概是等待時間太長而讓她覺得還不滿足吧。她從王座上起身，於是周圍的建築物就像是人類皮膚那般隨著脈動而上下起伏。

不知道遊戲內容的世界王並不明白這現象代表什麼意義。

只是，她可以看出自己身處的這個王座周圍正在逐漸發生異變。

「雖然捨不得……不過也沒辦法。我就按照當初的目的，出手捕捉『天之牡牛』吧。」

要是第八化身在場可就輕鬆了……世界王轉著手臂自言自語。

接著她抬頭看向迷宮出口的裂痕，身上的長外衣如同羽毛般輕盈翻飛。在裂縫之外，是地中海的廣闊藍天。

「嘻嘻，不知道迷宮的勝利者是會逃走般地爬出這裡呢？還是會贏得一場名譽的凱旋呢？實在讓人期待。」

世界王把柔順的長髮往上撥，吹起一陣以圓錐狀往外擴散的優美旋風。等到被風帶成圓錐狀的長髮隨著迴轉紛紛落下後，少女外表的世界王也和這陣風一起消失。

另一方面，十六夜和牛魔王雖然也察覺到異變，但是他們並沒有表現出有意停戰的態度。因為雙方都讓神經保持敏銳，以極限互相競爭，沒有餘裕顧及其他。

牛魔王舉臂揮拳，十六夜則讓拳頭沿著自己手背滑動，順勢帶開。最後擊中大地的牛魔王這拳在迷宮中製造出巨大坑洞，成為類似隕石坑的凹陷並繼續擴張。

原本光是拳風就可以讓對手直接死亡，不過十六夜也擁有毫不遜色的異常性。

十六夜在快要被震飛之前抓住牛魔王的角，翻身後用膝蓋攻擊他的臉。已經失去平衡的牛魔王被輕易打飛出去，撞破好幾層迷宮牆壁飛向遠處。

「哼……這招怎麼樣啊，畜生魔王……！」

十六夜稍微喘著氣，擦去汗水。儘管發動攻勢的人是十六夜，不過出手攻擊的次數和精神劇烈磨損的狀況都會導致體力消耗。

他們的拳頭都是能擊碎山河，劈開大海的必殺之拳。

所以雙方都是使用正常來說只需一拳就能粉碎敵人的拳頭在互相攻擊。

就算對手是魔王，被人抓住牛角，臉上又直接挨了一記膝蓋攻擊，想必會受到某種程度的傷害——

「哎呀，我服了我服了！沒想到你的武藝比想像中更洗練！我可是第一次知道你在武技方面也有才能啊，逆廻十六夜！」

牛魔王踢開瓦礫站了起來。

讓人難以置信的是，他看起來毫髮無傷。

牛魔王手扠腰大搖大擺地站著，相較之下，十六夜則是嘴角流血，整個人還無力地靠著牆壁。比起周圍的異變，牛魔王的體力更讓十六夜難掩內心驚嘆。

（這傢伙未免也太耐打了吧……！到底用了啥恩惠……！）

即使承受十六夜那被稱讚為可媲美地殼變動的拳頭攻擊，牛魔王的肉體卻完全沒有出現受影響的反應。十六夜已經有三年未曾在肉搏戰中被迫面對如此一面倒的戰況了。

根據牛魔王的傳說，他擁有比山岳更高大的巨大身軀和怪力。考量到這一點，他的確該擁有這種水準的戰力，不過讓十六夜掩不住驚愕反應的原因另有其他。

他曾經聽過箱庭的傳聞，指出牛魔王擅長的戰術——會運用他擁有的「能自在操控這世上所有武器」的恩惠。

換句話說這傢伙根本沒有拿出真本事。

不需要使用精髓的恩惠，牛魔王就把十六夜逼上如此絕境。

「嗯，看樣子空手格鬥是你比較占上風，沒想到還挺有兩把刷子。」

「哼！說這什麼鬼話，幾乎都沒有效果吧……！」

十六夜吐出嘴裡的血，牛魔王第一擊造成的傷害尚未復原。

牛魔王用手搭在下巴上，目不轉睛地打量十六夜。不知道他到底覺得哪裡有趣，這傢伙凡事都表現出這種態度。也許是有什麼盤算，又或者只是因為特別好戰。

隨便是哪個原因都無所謂，只是再這樣下去不是辦法。

調整好呼吸的十六夜擺出臨戰態勢，牛魔王卻制止他的行動。

「好了你等等，看來狀況有變，我必須去處理另一項工作。而且迷宮的這個變化……或許是焰他們發生什麼事，那些孩子還需要你的庇護。」

「……什……！」

十六夜再度大吃一驚。他剛剛的發言明顯透露出熟人的關心，而且不僅針對十六夜，聽起來對焰和鈴華也抱有相同感情。

的確講到牛魔王，會使用高水準變幻術是很有名的事情，但是他的意思是以前曾經見過十六夜等人嗎？而且如果只是十六夜也就算了，和焰他們兩人也有關的人物其實有限。

到底是誰？十六夜動腦思考。

認識金絲雀(CANARIA)之家的少年少女，而且夠格作為牛魔王的化身，還要有機會已經從外界回到箱庭。

符合這些條件的人物……只有一個。

十六夜沒花多少時間就得出答案。

「你……難道是……！」

明明已經獲得幾乎可確信的答案卻說不出口，這是平常的十六夜不會做出的行動。然而這是理所當然的反應。

因為他腦裡聯想到的人物，聽說在兩年前已經過世。

另一方面，這反應似乎讓牛魔王很愉快，他從虛空中拿出芭蕉扇並用力橫向一揮。

「總之，**就是這麼回事**。儘管有很多話想說，這次還是先各自散會……看來現在事態緊急，你今天——就飛去焰的身邊吧！」

「咦……等……等一下！我話還沒說完啊臭老頭——！」

十六夜的身體被一陣來自大地的狂風吹上空中。面對突然從地表吹起的狂風，就算是他，要撐住也有困難。

芭蕉扇——宿有仙術，能從大地刮起疾風的寶貝。原本是牛魔王之妻鐵扇公主擁有的寶貝，這次應該是寄放在他那裡，用來當作重啟戰局的武器吧。

目送十六夜被狂風吹往迷宮另一頭後，牛魔王輕鬆扛起棍棒，看著精靈列車所在的方向喃喃自語：

「……其實我也很想趕過去，不過沒臉見焰他們。接下來就拜託你了，十六夜。」

＊

同一時期——另一場戰鬥也分出勝負。

「嗚……！」

御門釋天的側腹流出大量鮮血，屈膝跪地。仔細一看，他的腹部被閃電箭矢深深貫穿，下手者顯而易見。和他戰鬥的大英傑——因陀羅的兒子阿周那正以苦悶表情和視線俯視著跪在地上的釋天。

他放下神弓崗狄瓦（Gandiva），以困惑的態度發問：

「……怎麼會這樣，未免也太弱了。這就是您現在的實力嗎……？」

他的語調中帶著憂傷，卻沒有一絲失意。

阿周那之前就隱約預想到這個結果。

帝釋天——因陀羅被稱為最強軍神已經是遙遠過去的往事。為了讓後來出現的神明與人類歷史能夠存續下去，他以各種形式把自身力量分給他人。

在印度神話最古老的聖典《梨俱吠陀》之後的史詩中，靈格急速提昇的那些神靈正是靠著因陀羅讓出最強寶座才得以建立神群。

而且他給予力量的對象不只是眾神。

因陀羅的兒子阿周那也是獲得聖典中記載的最強力量的英傑之一。

再加上他還獲賜數個在印度神群中名列前茅的神格武器，所以雖然是兒子與父神，但阿周那與因陀羅之間的力量關係已然逆轉。

原本應該身處全能領域的眾神之王——現今，只擁有一般英傑水準甚至更為遜色的力量。

「父親，過去比濕婆更加強悍，比梵天更加睿智的最強軍神，甚至能和宙斯相提並論的您……這真的是您的全力嗎？是不是被施加了某種封印？」

「……你這兒子講話還真刺耳，我已經說過這的確是我現在的全力。」

釋天冒著冷汗試圖止血，現在他必須把全力灌注在治療上，否則性命堪憂。他已經在迷宮裡灑出等同於人類致死量的鮮血。

因為他是神靈所以還能保住一條命，不過基本上，這種物理方面的現象根本不可能傷及神靈。要打倒和人類歷史有密切關聯的神靈只能使用對神恩惠，或者必須具備足以終結一個時代的大規模破壞能力，否則應該不可能辦到。

阿周那滿心疑惑，不過他畢竟是身經百戰的戰士。

不會那麼不成熟，也沒有寬容到會放過已經重傷跪地的敵人。

「是嗎？我原本胡亂猜測或許是有哪個人刻意出手妨礙……既然已是全力那就沒辦法了，這也是戰場的慣例。」

——請您做好心理準備。

反抗父神的無禮行徑雖然讓阿周那感到心痛，但是他也有他的目的。一旦開始戰鬥就不能輕易收手。

他舉起神弓崗狄瓦，讓迷宮中再度響起雷鳴。據說可橫掃百萬軍隊的閃電集中到一箭之上，神雷的密度提升到甚至可以扭曲空間。

釋天咬牙抬頭望向那一箭。和他目前能承受的極限相較，這攻擊的威力超出不只一階。原本該為兒子的成長感到高興並就此消失，但是現在不能那樣做。

這個神之子——被某個人導向歧途。

應該和「Avatāra」同樣是為了匡正世道的存在，現在卻意圖在世上散布災禍。雖說釋天是失去力量的神靈——然而身為統領善神的護法之王，只有這件事無論用上什麼手段都必須阻止。

「混帳東西！身為父親，只有這招我實在不想用！只是現在也不能繼續堅持——抱歉，接下來交給妳了，吾之眷屬！」

「YES！在此馳援！」

這剎那，速度驚人的一擊從阿周那的死角發出，打中他的側腹。

「嗚啊！」

受到強攻的阿周那吐出一口帶血的唾沫，飛了出去還在地上彈跳好幾回。

原來是甩著一頭如燃燒火焰般深紅長髮的少女——「月兔」的黑兔以第三宇宙速度踢飛阿

周那。

「『月兔』？箱庭貴族還有人殘存嗎！」

「YES！初次見面，阿周那大人！雖然冒犯，但接下來由人家來擔任您的對手！」

黑兔舉起「模擬神格・金剛杵（Vajra Replica）」，擺出備戰態勢。

她的龐大靈格讓阿周那驚訝得瞪大雙眼。她們「月兔」一族被賜予「審判權限」，也獲得在箱庭中數一數二的戰鬥能力。然而即使扣掉這因素，也可以從眼前這隻兔子身上感覺到非比尋常的靈格。全身迸發的神雷可以和神弓崗狄瓦相媲美，洋溢而出的力量似乎也遠在少年狀態的阿周那之上。

「原來如此……！父親是把靈格交給這兔子保管嗎……！」

阿周那不知道發生了什麼事情才導致這種結果。

不過黑兔擁有的靈格在「月兔」中也是特別到顯得異常。

如果已經成年還可以另當別論，然而以呈現少年狀態的阿周那來說，那靈格的規模大到雙方打起來後自己只能單方面挨打。推測帝釋天的神格被寄放在她身上應該不會有錯。

黑兔「唰！」地豎起兔耳，把金剛杵對準阿周那。

「您理解力如此優秀真是幫了大忙。現在的人家因為有點特殊的理由，成為帝釋天大人與月神（Chandra）大人的替身。如果您有事想找令尊，首先由人家代為恭聽。」

「……不，沒有必要麻煩。我的疑問已經解開，問答也已經結束。不需要和父親多說些什

麼。」

阿周那收起神弓，解除武裝。他只是想得到父親諒解，正大光明地參加爭奪太陽主權的戰事。然而大致上正如他的預想，父神到最後還是沒能理解。然而就算沒有得到父神的加護，只要能夠達成身為戰士的宿願就好。

對於阿周那來說，有一個無論如何——不管會背上何種汙名都必須和對方再度交手的宿敵。

「……這樣啊。人家也以裁判長的身分參加太陽主權戰爭，自然不想和參賽者進行無益的戰鬥。」

「是嗎，實在感謝。」

「不過阿周那大人，人家可以提出一句忠告，作為放過您的條件嗎？」

「什麼？」

阿周那不解地歪了歪腦袋。

黑兔似乎有點尷尬，邊猶豫邊把忠告說出口：

「那個……建議您還是和**壞朋友**斷絕關係會比較好喔。」

「……哈哈，我會銘記在心。」

阿周那回以苦笑，然後跳向空中的裂痕。他通過之後，裂痕外側有一瞬間顯示出箱庭，接著又恢復成地中海的天空。乍看之下那個迷宮出口似乎通往地中海，實際上卻是連向入口的世界。

既然機制是會把人送回進入迷宮前所在的世界，那麼阿周那應該已經回到箱庭。例外只有身為正式參賽者的西鄉焰與他的同伴。

黑兔甩著裙襬轉身，衝向釋天身邊。

「帝……帝釋天大人！您的傷勢不要緊吧！」

「嗯……抱歉，黑兔，居然讓裁判參加戰鬥，實在丟臉……還有，記得稱呼我為釋天。」

「啊……ＹＥＳ！釋天大人您沒事就好！」

黑兔慌忙改口，等釋天止血後，揹著他站了起來。

「迷宮很危險，請您和人家一起離開吧。」

「謝謝——不過，這樣真的好嗎？妳不去幫助焰他們？」

「人家是裁判，不能參加遊戲。阻止私鬥已經幾乎踩線——而且……」

黑兔抖著兔耳，回頭看向精靈列車。她身為裁判，頭上的兔耳擁有能掌握目前遊戲狀況的恩惠。

把兔耳晃動一陣後，黑兔露出像是鬆了口氣的笑容。

「一定沒問題。因為焰先生身邊……有一位非常可靠的哥哥！」

不過呢——那也是一位獨占鰲頭的問題兒童！

留下這句話後，黑兔就帶著釋天飛離迷宮。

＊

焰說出這真相的下一瞬間，阿斯特里歐斯的牛角粉碎了。同時 Keravnos 失去威光，從他手中滑落。

阿斯特里歐斯承受激痛和衝擊，原地跪倒。

「嗚……嘎……啊……！」

他想講話卻無法順利發音，想問的事情跟必須問的事情都堆積如山。現在對他來說，比起劇痛帶來的痛苦，說不出話的痛苦更為強烈。

對於西鄉焰的那句發言，除非能問出其中真義，否則他死也不會瞑目。

「——你，不是彌諾陶洛斯」。

那麼——**身在此處的自己**到底是什麼？

怪牛彌諾陶洛斯不是盤據迷宮的食人魔獸嗎？不是克里特島的王子嗎？地中海的浪濤聲與藍天只是虛偽的記憶嗎？

名為星辰與雷光的少年——阿斯特里歐斯究竟是什麼人……？

神祕少年陷入沒有答案的苦惱，躺在地上再也沒有動靜。

彩鳥依然舉著劍保持警戒。雖然還殘留著生疏感，但是過去鍛鍊至今的直覺卻敲響警鐘，提醒她戰鬥尚未結束。

寂靜被風帶走，於是，迷宮內慢慢開始響起地鳴聲。或許有一部分是其他人交戰造成的餘波，然而基本上這是來自大地更深之處的響聲。

焰立刻理解狀況，對著鈴華大叫：

「鈴華！我們要帶著這傢伙和斧頭逃回精靈列車裡！」

「咦？你……你要把他也帶回去？」

「我晚一點再說明！趕快行動，沒時間了！」

鈴華歪著頭感到不解，但她很快得知理由為何。因為有個巨大陰影延伸過來，像是要罩住他們幾人。不知道發生什麼事的三人抬起頭，但這反應有點太慢。

原來是——從迷宮地面伸出的白色岩塊形成手臂，橫亙在他們頭頂。

「學長、鈴華！請退開！」

彩鳥把蛇腹劍換成剛弓，一口氣射出了三箭。連射速度驚人，破壞力也十分充足，然而白色岩塊只是被打掉約四成，並沒有停止的跡象。

如果對手是生命體，這一招已經分出勝負，然而對方只是單純的岩石，不可能因此停下。

幸好巨大岩塊形成的手臂只是經過他們上方。

鈴華看出岩石的目的是阿斯特里歐斯與 Keravnos，立刻把他們拉來身邊。雖說是敵人，但她當然不會還年幼的同齡少年見死不救。

焰扛起阿斯特里歐斯，彩鳥則拿好 Keravnos。

岩塊立刻把他們視為敵人。

「鈴華，快點！」

「我知道！」

白色岩塊融入迷宮中，開始響起脈動聲。

發出脈動聲的迷宮連瓦礫也吞進地面，製造起巨大的突起物。岩石表面上下起伏的現象讓人聯想到生命體，不過說不定這個迷宮的確是生物。

打造出頭顱，長出手臂，生出牛角的白色怪物。

即使是焰以外的人，也能輕易看出那到底是什麼。

——「牛頭的吃人迷宮（Minoan Labrys Labyrinthos）」。

想要活祭品的牛頭魔人穿上白色鎧甲，對著焰等人怒吼。

「GEEEYAAAAaaa——！」

巨大怪物的手臂橫著掃向眾人。揹著阿斯特里歐斯的焰隨即把他丟給鈴華，然後開口大叫：

「鈴華，你帶著這傢伙先逃！」

「可……可是小彩跟你怎麼辦？」

「我會負責保護學長！如果對方目標是他，只要逃進精靈列車應該就可以爭取時間！老師請和鈴華一起保護精靈列車！」

彩鳥舉起雙槍，瞬間把白色手臂切成二十四塊化解這次攻勢，然而牛頭魔人卻迅速再生。看到這一幕，她苦著臉狠狠咬牙。

或許這個牛頭魔人也跟「天之牡牛」一樣，沒有等於是本體的核心。

如果迷宮本身就是本體，我方等於是已經被怪物吞進肚裡。再把彼此特性的優劣差異也考量進來，現在的彩鳥沒有能打倒對方的手段。

彩鳥滿心危機感，至今為止都靜靜旁觀的斯卡哈卻表現出相反態度。她躲在周圍的遮蔽處拍掉瓦礫，然後歪著頭發問：

「哎呀？我不用跟那玩意兒戰鬥嗎？」

「老師的『影之城』應該可以覆蓋住整輛精靈列車！鈴華他們就麻煩您了！」

「噢，原來是這樣。那妳可要好好撐住喔，我的愛徒，因為**那些傢伙**相當有實力。那麼再見啦。」

斯卡哈揮著手和鈴華一起消失。聽到她最後這句別有含意的發言，留下來的焰和彩鳥兩人都臉色煞白。之後，這預感立刻化為現實。

白色牆壁上描繪的「雙刃斧（Labrys）」圖案接二連三改變外型，變幻成牛頭怪物。

三隻、四隻、五隻，牛頭怪物的數量急速增加。

彩鳥把槍換回蛇腹劍，冒著冷汗發問：

「……我姑且還是問一下，學長，你有能攻略的方法嗎？」

「有兩個，但是都需要阿斯特里歐斯的協助。所以首先要說服他。」

「？他不是阿斯特里歐斯吧？」

「不對，他不是彌諾陶洛斯，不過**確實是阿斯特里歐斯**。」

彩鳥正想提出疑問，然而牛頭怪物群並沒有悠哉到願意等待。仔細一看，敵人的數量已經超過二十。兩人轉身背對數量不斷增加還步步進逼的牛頭怪物群，衝向精靈列車。

「沒辦法……只能暫時撤退了！」

「要跑到載客用車廂那邊！應該可以從那裡的窗戶爬進車內！」

「我知道了！在老師用『影之城』蓋住列車之前趕快進去吧！」

牛頭怪物從左右伸出手臂，彩鳥則用蛇蠍之劍閃將其一一斬落。劍光宛如鞭子般扭動竄出，不斷砍倒牛頭怪物，然而這樣並不能從根本解決問題。而且怪物被砍倒後會立刻再生，所以攻擊也沒有意義。

（我一個人要跑到載客用車廂並不需要多少時間……但是和學長一起就……！）

兩人距離載客用車廂並不是太遠，問題是敵人的數量。況且敵人遭到我方攻擊之後可以完全再生，相較之下，彩鳥和焰只要被打中一次就會受到致命傷。

可以感覺到後方有數十隻牛頭怪物已經靠近。

再這樣下去顯然不妙。

彩鳥下定決心，停止腳步。

「嗚！學長你先走！這裡由我——」

負責擋下……這句話沒能說出口。

因為在她下定拚死決心後，開始吹起一陣狂風。突如其來的強風讓焰撞上精靈列車的車身，他因此停下腳步原地跪倒。

「嗚……糟了……！」

焰立刻撐起身子，然而已經有一隻牛頭怪物逮住機會發動攻擊。風勢依舊強烈，被這陣疾風送來的飛行物體攻擊牛頭怪物的腦袋，把怪物整個敲爛。

「————那個臭老頭啊啊啊啊啊啊啊！」

砰咚！隨著誇張爆炸聲飛來此處的人——逆迴十六夜在著地的同時，以幾乎能打穿白色迷宮地盤的力道揮拳擊向大地。

就算是能持續再生的牛頭怪物，一旦被打得粉碎也無法輕易修復。被碎片打到頭的焰眼冒金星，不過立刻甩了甩腦袋看向十六夜。

「十……十六哥！你為什麼在這裡？而且還跟上次一樣挑準我碰上危險的時機，到底是怎麼回事？難道你躲在哪裡監視我嗎！」

「怎麼可能！我這邊也有我的苦衷啊！」

兄弟二人一如往常地反射性開始吵架，不過目前畢竟是這種狀況。彩鳥一邊感謝出乎意料的救援，同對著十六夜大喊：

「十六──呃，學長的哥哥！請你跑到下一輛車廂那邊！可以從那邊的窗戶進入精靈列車！」

「啥？」

十六夜不高興地看向彩鳥，大概認為她是個陌生的金髮少女吧。根據年齡，這個人應該和焰一樣是學生──就在此時……

注意到蛇蠍鞭劍的十六夜露出非常訝異的眼神。

「咦……那把蛇腹劍是……」

「有……有話請之後再說！快點跑！」

彩鳥頭也不回地衝向精靈列車的載客用車廂。

內心因為「居然被最不希望發現的人發現了……！」而很想哭，但是為時已晚。「影之城」的防衛已經逼近列車的一半。

目前狀況雖然讓十六夜有點混亂，他還是把焰扛到自己肩上，跟著彩鳥移動。

——「Sun Thousand號」的載客用車廂。

等所有人都逃進車內後，所有車廂都被斯卡哈的「影之城」覆蓋。

牛頭怪物群持續攻擊了一陣子，不過看來牠們的知性足以理解這樣只是在白費力氣，大約一小時之後，周遭就陷入一片寂靜。

陽光無法從窗戶照入被「影之城」覆蓋住的精靈列車，因此車內還是很昏暗。提燈裡的燭火搖搖晃晃的模樣讓人產生一種彷彿在煽動不安情緒的錯覺。

在暫時解除警戒態勢的車廂內，眾人對中途前來會合的十六夜說明狀況。

聽完說明的十六夜雙手抱胸，眼裡浮現出像是總算理解的神色。

「……原來如此，沒想到阿斯特里歐斯的推定年齡是十五歲。如果這推論為真，那麼判斷阿斯特里歐斯＝彌諾陶洛斯或許才是正確答案。」

「為……為什麼會得出那種結論？我完全跟不上你們討論的內容！」

鈴華也在車廂內和大家會合，但聽完十六夜的推理後卻陷入混亂。

焰舉起右手，開口幫忙解釋。

「根據希臘的傳說，彌諾陶洛斯的吃人儀式是每九年舉行一次，每次要獻上七對少年少女作為活祭品——妳們懂了嗎？儀式是**每九年舉行一次**。」

焰的發言讓鈴華和彩鳥都恍然大悟。

「是……是這樣嗎……！既然以九年為週期舉行過好幾次儀式，光是這點就和十五歲這數字無法對上！」

「的確，按照傳說，他最少也必須是十八歲……可是，這樣一來會衍生出其他疑問。基本上他到底是什麼人？真的是阿斯特里歐斯嗎？」

彩鳥把手搭在下巴上，指出問題點。被放到客房床上的阿斯特里歐斯依舊沒有意識，光是想要問話都有困難。

因此，這個疑問由十六夜出面回答。

「可能的假設有二：

第一，『名叫阿斯特里歐斯的少年並不存在，這個人只是活祭品』。

第二，『阿斯特里歐斯確實存在，只是因為某個要素X而**在少年時期死亡**』。

從這次的事件來推論，正確答案應該是後者吧。我想這小鬼一定是死於天花或其他某種病毒。」

焰等人有推理出他是「因為酷似天花的病毒而容貌變得**醜陋**」，然而這算是半對半錯。

羅患流行病的少年並沒有痊癒，而是因此失去生命。

「克里特島上對牛的信仰心相當虔誠堅定，彌諾陶洛斯的語源好像是『米諾斯王飼養的牛』這意思。所以我們之前基於『註定容貌之病』的推理太偏向負面意義了。」

生前的名字是代表星辰與雷光的「阿斯特里歐斯」。

年紀輕輕就失去生命後改名為「彌諾陶洛斯」。

那麼，棲息於堅不可摧的迷宮兼食人怪牛，Labrys 裡的怪物，其實是——

「『彌諾陶洛斯』——食人怪物的真面目……

其實是克里特島王子阿斯特里歐斯的陵墓。」

鈴華和彩鳥都猛然一驚，看向對方。

「陵墓……原……原來如此！所謂的七對活祭品是用於鎮魂儀式嗎！」

「之所以選擇少年少女，說不定也是因為這樣。這七對活祭品說不定是指被挑選出的殉葬者。」

在西元前的君主制度下，君王下葬時會挑選殉葬者並不是罕見的事情。

也有可能獻祭的行動其實正是祈求流行病平息的儀式。

焰以悲痛的表情看向躺在床上沉睡的阿斯特里歐斯。

「說不定……這傢伙本身一開始也是活祭品。」

「咦？」

「在祈求流行病平息的儀式中，似乎也有把牛作為活祭品的習俗。他之所以被改名為『米諾斯王飼養的牛（彌諾陶洛斯）』，代表的意義可能是指當時把罹患流行病而活不了多久的王子當成了活祭品。」

換句話說──克里特島的王子阿斯特里歐斯最後並非病死，而是遭到父王斬首。

焰和鈴華還有彩鳥這三人低下頭，像是心有不忍。

尤其是孤兒院出身的焰和鈴華應該深有感觸吧。

「CANARIA 寄養之家」這家孤兒院裡聚集了有著特殊背景的少年少女們。

大部分都是因為天生具備特異性而和親生父母產生衝突的兒童。其中也包括無法跳脫幼時受到的心理創傷，直到現在依舊無法面對大人的孩子。而焰和鈴華就是這種孤兒院裡的年長組。

他們兩人都不由自主地同情起阿斯特里歐斯的境遇。

「……意思是說，這個王子殿下本人不是壞蛋吧？」

「應該是那樣，牛角粉碎後似乎也不是怪物了。」

「是嗎！那麼晚一點要再找時間討論一下今後的事情才行！」

焰和鈴華看著彼此點了點頭。不知道兩人在打什麼主意的彩鳥不解地歪了歪腦袋，然而十六夜似乎有聽懂。這大概是境遇造成的差異。

十六夜帶著嚴峻的眼神，走到焰與鈴華的面前。

「等一下，你們兩個該不會是打算把這傢伙帶回去吧？」

「就是這種打算。是吧，兄弟（Brother）？」

「當然是這種打算，My 姊妹（Sister）。」

「說什麼傻話！就算他的牛角消失了，也不代表已經完全變成人類！況且剛才那些討論只不過是臆測吧！萬一其他小鬼們發生什麼事情該怎麼辦！」

十六夜難得認真斥責兩人，他應該是擔心有不知底細的怪物入侵自己的老家。

然而焰和鈴華如果會因為這點斥責就畏縮，根本沒辦法擔任年長組。

他們立刻回瞪十六夜，擺出反擊的架勢。

「可是啊，焰今後也會繼續跟什麼主權戰爭牽扯不清吧？積極拉攏同伴不是比較好嗎？」

「沒錯，那樣做比較好。雖然要讓他上學大概有困難，但是在各種家事方面我倒是忙得非常需要人手。」

「你們這兩個笨蛋搭檔別在那裡一搭一唱！要是真的發生什麼事，你們能負起責任嗎！現在根本不是堅持什麼無聊意氣的時候吧！」

十六夜發出讓車廂也隨之震動的怒吼，追究責任歸屬。

萬一阿斯特里歐斯身為怪牛的食人意志並未消失——屆時到底要由哪個人以什麼方式負起責任？即使如此，兩人還是收起表情立刻回答：

「……責任？那種東西，**當然是由我們全部扛起來啊！**」

「這不是無聊的意氣，而是**身為人的意氣**。」

他們毫不畏懼地如此宣言。彩鳥擔憂又不安地靜靜旁觀，不過她也非常清楚焰和鈴華天生無法捨棄命途多舛的少年少女。

這五年以來──對於孤兒院發生的所有事情，兩人就是這樣扛起一切責任。因為失去出資者，孤兒院經營困難即將無法繼續下去的時候也是一樣。

一旦孤兒院的經營出現危機，必定會有成員無處可去。所以當時，焰和鈴華也是拚命地四處奔波，最後成功爭取到久藤家擁有的「Everything Company」提供援助。

如果在這裡捨棄阿斯特里歐斯，就等於是捨棄了兩人為金絲雀之家拚命奮鬥至今的意氣。

他們用視線訴說，金絲雀（CANARIA）之家的孩子──絕對不會對際遇坎坷的少年少女們棄之不顧。

「……哼，身為人的意氣嗎？」

居然變得敢說這種大話……十六夜很不以為然地坐到椅子上。他完全沒有料想到兩人會堅持到這種地步。儘管之前被提醒過很多次，然而十六夜直到現在才重新自覺到對於自己來說，似乎真的認為他們的時間還停留在十歲那時。

以前是十六夜站在兩人前方，扛起大家的生活。

但是──十六夜放棄了這個立場。雖說前往異世界是為了活下去的必要行動，不過他的確是拋下了自己應負的責任。

這樣的十六夜斥責身為孤兒院年長者兼實際負責人的兩人，或許很沒有道理。

不過就算他曾經放棄責任，還是有義務把該講的話都說出口。

「我很想說既然已經講到這份上，那就隨便你們吧……不過，還是有個條件。」

「什麼條件？」

「是怎樣？就算對手是十六哥，鈴華小姐我也敢接受挑戰喔，有膽試試看！」

「不是那樣啦，就說你們還早一百年——總之呢，重點就是針對這傢伙在孤兒院鬧事的情況，我想要個保障。但是你們能辦得到嗎？」

十六夜站了起來，敲了敲被影子覆蓋的黑色窗戶。

「焰，你要怎麼破解這個迷宮？你能靠自己的力量和那些怪物戰鬥嗎？」

「……這……」

焰吞吞吐吐講不出話，畢竟他擁有的恩惠顯然不是戰鬥用。

基本上，關於平息怪物的方法，他已經推測出大部分內容。勝利條件的「徹底抹滅雷光，讓星辰回歸應有姿態」大概是指要把阿斯特里歐斯的名字改成彌諾陶洛斯吧。

至於「讓星辰回歸應有姿態」就是指實現上述要求的方法。

第一階段是使用粒子體治療疾病。

第二階段是回到陵墓，也就是迷宮。

第三階段——是要坐上米諾斯王的王座。

換句話說，就是要繼承王位。

然而一旦那樣做，阿斯特里歐斯十有八九會在這個陵墓裡再度沉睡。「回歸應有姿態」的意思也包括了要讓王子回到陵墓的步驟。

如果不採用這個方法，只剩下一種手段。

「——我要打倒彌諾陶洛斯，打倒迷宮的怪物。」

「你真的做得到嗎？」

「應該……做得到吧？不，如果做不到，找我來參加太陽主權戰爭這件事根本不合理。所以，我想自己一定可以使用那把戰斧。」

所有人的視線都集中到同一處。那裡放著在十二星座中蘊藏著最強破壞能力的戰斧——刀刃部分放出雷光的「模擬神格・星牛雷霆（Proto Keravnos）」。

十六夜把手搭在下巴上開始思考，評估勝算。

的確，如果焰可以使用這把神格武器，或許有機會破壞迷宮。

「……哦？沒錯，如果是你的恩惠，或許可以控制這玩意兒。」

「一定可以。比起粒子體的研究和孤兒院的帳本，這甚至比較簡單。」

焰立刻回答十六夜的提問。

既然如此，十六夜也沒有更多該繼續追究的事情。

他用力坐回椅子上翹起腳，對三人露出凶猛的笑容。

「你們都誇口成這樣，我就拭目以待吧。總之，要好好奮鬥啊，小鬼頭們。」

「我們才不是小鬼頭！」焰和鈴華馬上反駁。彩鳥先是羨慕地望著他們的互動，之後才咳了一聲讓大家都注意到她這邊。

「看來已經有共識了吧？」

三人看著彼此點頭，準備挑戰最後的戰鬥。

*

迷宮中受到寂靜的支配。

先前的喧鬧聲已經全面平息，現在一片冷清。

在「吃人迷宮」甦醒後，某對各為主神和半神的父子雖然戰鬥到最後，不過雙方狀況似乎都有了什麼變化，現在已經離開迷宮。

只剩下巨大的精靈列車，以及在王座廣場顯現出巨大身軀的怪牛。

不久之前牛頭怪物群原本還在攻擊車體，然而精靈列車被巨大影子覆蓋後，所有物理干涉都會被彈開。看樣子對方似乎打算閉關自守。

然而也不可能一直躲在裡面。

白色怪牛停止白費力氣的襲擊，讓牛頭怪物群集中到一處，化為巨大的岩塊。時間經過越久白色怪牛的密度就會越高，戰鬥也會更加有利。

趁著這個空檔，白色怪牛讓自己的巨大身軀繼續成長。

如果是現在，連那如同蛇蠍的劍閃也會被輕易彈開吧。

原本是一座巨大雕像的怪牛不斷變高，幾乎可以稱為巨塔──

這時，他抬頭望向天空。

（…………）

從裂縫吹來的海風讓他微弱的自我產生動搖。

天空與海風正來自於他──阿斯特里歐斯成長的那片土地。

阿斯特里歐斯的意識原本因為牛角碎裂而四處飄盪，現在透過和迷宮陵墓結合為一而知曉一切。

……自己罹患了流行病。

……被父王當成活祭品。

……後來和那些殉葬的少年少女的靈魂一起受人弔祭。

對所有往事都已了然的現在，他不再有任何期望。塵歸塵，土歸土，死者回歸大地才符合世界的法則。只不過是靠著太陽主權獲得短暫生命的少年心裡沒有任何該希求的事物。

（…………）

──只是，如果可以的話。

如果可以提出一個願望，他很想再次以人類的身體去感受一下從裂縫吹進來的海風。生前的他染上流行病之後遭到長期隔離，最後還被當成活祭品，因此直到死前都沒有機會聽到克里特島的海浪聲，人生就此閉幕。

只擁有微弱自我的白色怪牛下意識地把手伸向空中的裂縫。

然而無論岩石堆積得多高，他的手都無法碰到那個裂縫。

原因就是這個陵墓迷宮正是他的容身之處，也是他的國家，更是他的世界。不管心中多麼渴望，再怎麼把手往上伸，也依舊無法到達出口。

即使那片風景已在年幼時深深烙印於心，然而再看一次卻是絕對不被允許的事情。

（……來了嗎？）

精靈列車外的影子被解開，看樣子對方已經做好決戰的心理準備。

第一個衝出來的對手正符合預想，是那個金髮少女。然而後面沒有人跟上，她似乎想要一個人戰鬥。

的確勇敢，但實在過於魯莽。白色怪牛不再是成群的怪物，而是一座聳立於迷宮中心的巨大建造物。

恐怕有三百三十尺的龐然巨體甚至會讓人誤以為是座山脈。

他以緩慢動作舉起右手後，以岩塊作為原料，射出各種造型的武器。

白色的劍、槍、弓、雙刃斧等接二連三地往前射出。

數量超過七十，而且發射速度迅速到讓人會聯想到機關槍。少女的柔軟肉體只要被打中任何一次，恐怕就會整個爆開，化為四散的肉塊吧。

然而彩鳥只是舉著蛇腹劍，沒有其他動作。

可以從她的眼裡讀出強烈的迎擊意志。她心中已做好接下來不會讓任何攻擊通過的鋼鐵決心，挺身成為精靈列車的屏障。

「呼——！」

彩鳥調整呼吸，揮出蛇蠍之劍閃。

這一劍比在精靈列車車頂上展現出的劍技更加銳利。率先接近的雙刃斧被她迅速擊飛，彈開後方的槍和劍，然後掉到地上。

雖然彩鳥像這樣讓白色怪牛射出的散彈紛紛互相撞擊，但是當然不可能全都靠這招應付。

然而她已經正確掌握有多少武器沒被彈開，反過來接下飛向自己的槍之後射了回去。

——究竟要累積多少武術鍛鍊才能到達這個領域呢？

白色怪牛對她的感想從恐懼轉變為尊敬。對於已習得神域之劍技的人來說，數量的暴力根本不構成威脅。

彩鳥迎擊的數量很快超過五十，大量武器眨眼間已在精靈列車周圍堆積成山。

而且負責保護精靈列車的人不只彩鳥一個。

對方到底是從何處現身？另一個人影從上空降落後，一陣強烈狂風隨性地席捲周遭。

也難怪白色怪牛沒有注意到。因為她——彩里鈴華是利用連續空間跳躍迅速移動到高空，然後滯留在那裡。

「大招要過去嘍！小彩快趴下！」

「知道了！」

鈴華一口氣放出先前在上空聚集的大氣，把白色怪牛射出的武器全都打散。

能支配並控制流體的「開天珠」很難進行精細的操控，不過如果只是要隨意擊出就不是太困難的事情。再加上能夠停留在空中，因此也具備單純的破壞力。

對於多角化行動是最大關鍵的鈴華來說，這東西和她特別契合。

所有武器都遭到排除的白色怪牛立刻準備第二波攻擊。

目標是停留在半空中的彩里鈴華。一方面是基於首先必須削減敵人數量的想法，然而這個行動明顯是下策。

大量武器形成的散彈被擊向空中。

發現這件事的鈴華立刻靠空間跳躍消失無蹤。

不好……白色怪牛在內心咂了咂嘴。即使從正面攻擊擁有空間跳躍能力的敵人，對方當然不會正面接招。

想要對抗空間跳躍能力，必須使用和武力或數量優勢完全不同類型的恩惠。甚至要是沒有預測未來或廣範圍把握能力之類的恩惠，就無法形成對等戰況。正是因為這種理由，空間跳躍能力才會被視為在箱庭世界中最難攻略的恩惠之一。

需要一點時間才能使出下次掃射，白色怪牛立刻準備反擊。

但是鈴華似乎並不打算攻擊，依舊不見蹤影。堅守精靈列車的彩鳥也是一樣，沒有表現出意圖前進的態度。

──專注防守？不，對方應該會立刻看出那是無意義的行為。白色怪牛就是迷宮本身，就算再怎麼忍耐苦撐，攻勢都不會結束。

被躲開的武器也只不過是融入大地，再度回到怪牛手邊。

那麼他們的目的到底是什麼？專精戰鬥的知覺能夠瞬間掌握迷宮的每一個角落。於是沒過多久，白色怪牛就察覺到精靈列車內部聚集了巨大的力量。

而且那不是隨隨便便的力量。根據狀況來判斷，即使和來到迷宮的戰士們相比也算是最上級的力量正大量聚集。要是在精靈列車裡使用那種力量，位於延長線上的彩鳥和精靈列車本身肯定都會崩壞。怪牛完全沒預料到對方會想出這種自爆式的手段。

基於本能感到焦慮的白色怪牛使出全部戰力攻擊精靈列車。

然而他慢了一步，在精靈列車裡的西鄉焰放聲大吼。

「就是現在！**送我過去**，鈴華！」

「了解！後面就交給你了──！」

下一瞬間，久藤彩鳥突然消失。他們一開始就打算這樣做吧。

一名少年代替她出現在白色怪牛眼前。

彼此的距離真的是近在咫尺，只要伸出手就能碰到對方。

這時，怪牛終於理解敵人作戰計畫的全貌。

讓擁有卓越戰鬥技術的彩鳥專注於防守上，然後把提昇靈格聚積力量的焰送往敵人中心。

這個奇襲戰略之所以能夠實行，全都是因為鈴華擁有特殊的空間跳躍能力。

這次的遊戲掌控，正可以說是從頭到尾都經過徹底的評估和安排。

（…………）

怪牛明白抵抗只是白費力氣，於是放棄反擊，把力量集中在雙眼上。

西鄉焰手上的東西是「模擬神格・星牛雷霆（Proto Keravnos）」。

這是在掌管太陽的黃道十二星座武器中，蘊藏著最強破壞能力的戰斧。擁有光是隨手一揮，就可以劈開山脈分割大海的力量。

作為雷霆原型的這把武器可以無限儲存神雷。雖說時間不長，但只要儲存足以讓刀身發出紅色光輝的力量，想必能立刻破壞這種程度的迷宮。

——覺悟吧！焰的視線傳達出這種訊息。

怪牛也接受一切，最後抬頭望向天空。

地中海的浪濤依舊遙遠，即使伸出手也沒有機會碰觸。

然而，這一切都天經地義。

塵歸塵，土歸土，死者命中注定要回歸大地。

怪牛閉上眼睛，承受千束聚合為一的神雷。

雖然對方只會揮擊一次，但是那已經不屬於「斬擊」這種概念。因為在刀刃直接碰觸到之前，對象就會因為高熱而燒燬溶解並化為熔岩，之後又立刻開始蒸發。

連元素都不會留下的這一擊完完全全出自於諸神之雷霆。

迷宮怪物彌諾陶洛斯——在宛如星辰光輝的雷光下燃燒殆盡。

終章

Last Embryo

突然，懷念的海浪聲刺激著耳朵深處。

這聲音會讓人聯想起幼時經常在岸邊來回奔跑的情境，毫無疑問是地中海的海浪聲。他還清楚記得在椰子樹下利用樹葉遮蔽陽光，和年紀相仿的同伴們一起四處嬉鬧的往事。

根據海風裡帶著的濕氣，現在還是初夏時分吧。

地中海的夏天有經常變得乾燥的傾向，從以前就適合栽種橄欖。

不管是要在海邊玩耍，還是要享受狩獵樂趣，或是要為了收穫感到喜悅，都是絕佳的季節。

在太陽透過樹葉縫隙撒落的溫柔光芒照耀下，一道淚水輕輕滑落。

因為這溫暖的感覺——要說是死後的夢境，未免有些過於溫柔。

（…………）

他靜靜睜開雙眼，發現身處的房間過於整潔，看起來不像是廢屋。

和自己生存的時代相比，石造的白色建築雖然有不太一樣的風情，但也可以看出歷經長年鑽研的痕跡。

一想到克里特島——米諾斯文明存在過的系譜有流傳到現代，就讓他有些開心。

豎起耳朵，可以聽見隔壁房間傳來少年少女的聲音。

「——不愧是『Everything Company』，真沒想到居然可以不追問詳情就立刻出面提供保護。對於彩鳥大小姐，實在是膜拜多少次都還不夠。」

「嘻嘻，沒有那麼誇張啦。其實這也不是什麼特別不可思議的待遇，因為只要這次的事情繼續進行，學長在『Everything Company』裡也許能夠獲得等同於高層人士的權力。就算不是那樣，公司也不能對粒子體的研究者沒帶護照待在海外的狀況置之不理。聽說研發部的愛德華·格里姆尼爾（Grimnir）擔心到坐立不安呢。」

「焰或許是那樣吧，但我完全只是個跟班！」

不知為何，鈴華豎起大拇指很開朗地回應。

阿斯特里歐斯帶著苦笑撐起上半身，打開通往隔壁房間的門。

看到他出現，三個人分別表現出不同的驚訝反應。

「嗨，你可以下床了？」

「沒問題……但是，這到底是怎麼回事？為什麼我還能存在？你們用了什麼魔法？」

看到阿斯特里歐斯滿臉困惑，換成焰和鈴華吃了一驚。

「咦？怎麼跟十六哥講的不太一樣？我聽說如果能達成恩賜遊戲的所有勝利條件，就可以強制主辦者服從自己耶。」

「就算死掉也會遭到強行復活這點，的確會讓人覺得箱庭是諸神的玩具箱——你沒有感覺到什麼嗎？」

聽到焰的提醒，阿斯特里歐斯把手放到胸前。他確實可以感覺到現在的自己和西鄉焰之間有著某種聯繫，看來即使待在外界，服從的契約仍舊有效。

確定阿斯特里歐斯的反應後，焰咧嘴一笑，以手扠腰。

「哼哼，總之就是這樣。雖然對你過意不去，不過我接下來必須參加什麼太陽主權戰爭，所以無論你願不願意都必須幫忙。」

「……那倒是無所謂。只是在正賽開始之前，我也要在外界生活嗎？」

「當然，但是不可以白吃白喝。就當作你的年齡是十六歲，會安排你去唐・布魯諾的法國料理餐廳工作並賺取自己的生活費。」

居然已經計畫到這種地步，真是準備周到。

（如果提問……他們為什麼要救我，果然是一種很不識相的行為嗎？）

想要獲得戰力大概也是事實，然而講到根本上的理由，感覺另有其他。

那一定是某種身為怪牛的阿斯特里歐斯無法理解的「好人」理由吧。

他忍不住露出苦笑。

「總之，今後的事情就再找時間討論。這是第一個命令，阿斯特里歐斯。」

「這座島是你的故鄉吧？我們想觀光一下，卻因為避難警告所以找不到導遊。如果你方便的話，能不能帶我們去看克諾索斯宮殿？」

聽到鈴華的話，阿斯特里歐斯驚訝得瞪大雙眼。

「……克諾索斯市有殘留到這個時代嗎？」

「怎麼還說什麼殘留不殘留，這裡在青銅器時代的遺跡中可擁有最大的規模呢。為了增廣見聞，偶爾也該看看這種古蹟……不過，我們完完全全是非法滯留。」

「好了好了，難得正好碰上黃金週，這點小事應該不嚴重吧。」

彩鳥邊說，邊小跑步靠近門口。

她一打開大門，燦爛的陽光便照亮整個房間。從位於高台上的這間房子往外看能夠一覽整個城市，白色的街景占滿了整個視野。

——過去的情景在阿斯特里歐斯的腦中一閃而過。

然而，真的只是一閃而過。

再怎麼說故國的色彩似乎都已經消逝，眼前景色和過去他曾見過的街景相差甚遠。要說是理所當然也是理所當然。

畢竟他還活著的時代要回溯到西元前。

要是一片土地經過幾千年卻沒有進化，那不是很悲慘嗎？

「……這座山丘也變了不少。」

「哎呀？你知道這裡是哪裡？」

「嗯，這裡距離克諾索斯宮殿並不遠。方向是——」

四人各自離開房子，開始往前走。不久之後，做完自我介紹的一行人朝著克里特島最大的觀光地點前進。

他們每個人……都抱著一種預感。今後，彼此之間的交情將會持續很長一段時間。

＊

滯留在克里特島上的人不只是焰等人。

同樣被傳送回來的逆廻十六夜氣得全身發抖，低聲怒吼道：

「為什麼……明明精靈列車回到箱庭……卻只有我被送到外界來！太奇怪了吧那個王八蛋女王！這算什麼整人的招式！雖然我也很清楚一定沒啥意義啦！」

……就這樣，十六夜不顧一切地吼叫。他是在自暴自棄吧。

其實十六夜本身也很清楚。考慮到迷宮的性質，從出口進入的他們又被送回克里特島是理所當然的發展。

看到十六夜的反應，同樣全身是傷回到此地的釋天和之前幫忙處理獅鷲獸格利傷勢的頗哩提都刻意擠出笑容。

「特地跑來希臘一趟，結果卻沒有意義……好像也不能這樣說？畢竟能接觸到優勝者候補的『Avatāra』是很大的收穫。」

「釋天，雖然你那樣說，不過參加資格不是也包括『所有參加者在開幕式時都要集合』這一條嗎？」

頗哩提不解地發問。

釋天搖了搖頭，以認真眼神回答：

「其實啊……我自豪的兒子好像加入了『Avatāra』。」

「……什麼？那個阿周那怎麼會？你身上的傷是他造成的？」

「嗯，雖然他為了取得參加資格而化為少年，不過還是很強。我直接被秒殺，快得簡直讓人嚇一跳。」

實在傷腦筋啊……釋天盤腿坐下，拍了拍膝蓋。然而他現在表現出的怒意並沒有雙方衝突時那麼強烈。

同樣身為最古老神靈的頗哩提從釋天的態度上感覺出什麼。

「……真讓人吃驚，沒想到你這麼冷靜。我還以為你會更憤怒呢。」

「是沒錯，但冷靜下來思考，隨便就能推測出他是受到誰的教唆。真正該發火的對象是那傢伙，至於那個笨兒子可以等以後再罵。」

釋天靜靜地燃起鬥志。

就算目前隸屬於太陽化身兼王群的「Avatāra」，阿周那毫無疑問只是客將和局外人。想要參加正賽，必須和太陽主權或太陽本身有什麼相關。

幕後必定有個教唆自己兒子的出資者(Sponsor)。

「……看來在開幕式前最好先召集護法神十二天開個會，畢竟也有人要參加正賽。」

「啥？」

釋天的發言讓十六夜不由得懷疑起自己的耳朵。

「喂你給我等一下，護法神十二天是『天軍』吧？你們不是『主辦者』嗎？」

「不，這次的主辦者不是我們，不過黑兔好像要以裁判的身分參加。負責制定遊戲規則和實際經營的人只有上次的優勝者以及優勝者指定的共同體……算了，等到開幕式後，你自然會明白。比起那種事，這段時間你打算怎麼辦？」

聽到這個問題，十六夜一時語塞。

雖然他希望起碼在開幕式開始後會有人來迎接，不過現在的十六夜除了擁有戶籍，只是個身無分文的青年。雖說要活下去不是難事，但他沒有自信在開幕式之前能過著不惹出麻煩的日子。

如此一來，果然只有一條路可走。

「啊……那邊的社長大人，柴又帝釋天的公司是否有餘力僱用一個小子和一隻獅鷲獸？」

「唔？也包括我嗎？我直接找個森林待到開幕式也沒問題……」

「說什麼傻話，萬一像你這樣的獅鷲獸被哪個小鬼看到怎麼辦？那小鬼一定會興奮到晚上睡不著覺然後到處找人炫耀結果卻被當成吹牛慘遭嘲笑最後成了被霸凌的對象這是一整套既定流程。你覺得這樣也沒關係嗎？當然不好吧？」

「唔……唔唔……！」

獅鷲獸因為十六夜的超理論而很煩惱，實際上這番話也並非完全沒有說服力。儘管尺度不同，箱庭也不是沒發生過類似事件。放羊的孩子這寓言就是一例。

釋天帶著賊笑接受十六夜的提案。

「好啊，其他社員聽說你的傳聞後似乎也很有興趣。還有本公司的薪資是看表現，所以金額會根據工作內容不同。」

「……原來如此，所以頗哩提有錢，社長則錢包扁扁嗎？」

被戳中痛處的釋天轉開視線，頗哩提則得意地挺起胸膛。

既然是護法神十二天經營的公司，一定會接到各種古怪的工作吧。

距離開幕式還有一段時間。

十六夜露出苦笑，心想自己在那之前大概都不會感到無聊。

*

——定下離開克里特島的目標，一行人踏上歸途的期間。

在「Everything Company」擁有的大型飛機上，西鄉焰突然想起女王和斯卡哈說過的話。

「——只要戰鬥結束，你立刻就會明白報酬的內容」。

他記得那兩人的確說過類似這種意思的發言。

遊戲剛結束那陣子，焰原本提心吊膽地擔憂不知道會被迫接下什麼燙手山芋。但是到了黃金週最後一天，他已經把報酬相關的事情忘得一乾二淨，在這個洋溢著初夏風情的地中海小島上充分享受著假期。

焰甚至自己做出結論，覺得一整個地中海島嶼上因為發布避難警告所以空無一人，自己等人可以隨性到處亂逛的荒唐狀況說不定就是報酬。

由於每年這段時間都會發生某些麻煩，讓西鄉焰向來對黃金週沒有好印象。不過能像這樣和年紀相仿的男女們一起在島上探險在海邊嬉戲，是他的人生中不曾經歷過的娛樂。

睽違好幾年的大海雖然有點冷，不過運氣很好碰上大晴天，白天可以下水游泳。

……而且幸好有阿斯特里歐斯。對於室內派的西鄉焰來說，和年紀相仿的少女們一起在海邊遊玩的難度遠高於原本的想像。講得具體一點，就是讓人不知道眼睛該看哪裡，還有不愧是日耳曼民族，身體的發育真是優秀。

在胸中抱著這些愉快回憶並迎接最後一天的西鄉焰等人上了飛機之後，也玩著合乎年齡的遊戲。由於擁有出身於西元前這種特殊經歷，阿斯特里歐斯在起飛時鬧得相當厲害；然而差不多在飛機來到雲層上方之後，他已經專注地從空中遠眺下方的地中海。

阿斯特里歐斯被召喚時似乎被賦予了基本的遊戲知識，所以玩起撲克牌和簡單的桌遊來打發時間。

這時，只有西鄉焰被叫往裡面的貴賓室。

「……研發負責人？妳是說『Everything Company』的？」

「是的，對方說無論如何都想跟學長見面然後聊聊……」

焰從座位上起身，前往另一個房間的門前。

既然對方擁有研發負責人這種立場，焰其實很樂意見個一面。畢竟對方要是一直不知道焰長什麼模樣，將來也很難做事吧。

反而該說和這樣的人物至今為止都沒有機會見面顯得很不自然。

……結果打開門卻發現女王在裡面。

焰原本有點期待這種老套的哏，然而看樣子並沒有發生如此有趣的發展。

待在貴賓室裡的人是第三學部研究室——通稱第三學研的負責人，卡拉．格里姆尼爾室長，還有自稱是她兄弟的人物。

「……噢，你就是西鄉焰嗎？」

那名男性翹著腳癱在沙發上，等待的態度顯得很傲慢。

旁邊的卡拉室長則帶著促狹笑容開口：

「哎呀呀，焰小弟你整個人都曬黑了嘛。聽說你帶著學生會長和大小姐，大享齊人之福！身為室長，我非常介意你這幾天過著什麼樣的生活！」

「總之沒有發生符合卡拉室長您想像的事情……話說回來，這一位就是研發部的……？」

「嗯，這是我哥哥，叫作愛德華．格里姆尼爾。雖然個性上有點問題，但請你跟他好好相處。」

焰把視線移到愛德華研發部長身上。

那是一位戴著眼鏡的褐髮男性——看來這個人就是研發部長，愛德華．格里姆尼爾。

站在旁邊的卡拉室長是個擁有金色捲髮的美女，他們完全不像兄妹，或許兩人沒有血緣關係。卡拉室長這位女性的外表特徵是金髮以及一看就知道日耳曼血統純度是百分之一百的五官。還擁有柔和的笑容，凹凸有致的身材，待人的態度也很親切，堪稱完美。

相較之下，這男性的外表確實頗有氣勢——但是該怎麼說，**焰總覺得他原本的面貌不是這樣。**

（……我到底在想什麼啊？）

因為不久之前去了一趟異世界，似乎讓常識不再堅定。

焰帶著苦笑搖了搖頭，開口自我介紹：

「初次見面，愛德華先生。我是在寶永大第三學研裡參與粒子體研究的西鄉焰。」

「嗯，你很有禮貌呢。真是跟範本沒兩樣的自我介紹，這種致意方式稍微欠缺一點趣味。」

愛德華沒有主動回以自我介紹，而是繼續翹著腳，一臉無趣地打量焰。這種態度讓焰不由得有些動怒，不過他其實很習慣這種視線。

正常來說，以焰的年齡不可能活躍於研究室的第一線，所以經常被嫉妒排擠他的人以這種態度對待。

——然而這個男子表現出的樣子有些不同。

他先以與其說是嫉妒反而更像是興趣缺缺的視線看了看焰，然後意興索然地把旁邊的信封隨便丟到桌子上。

「彼此都省了討價還價和阿諛奉承吧，我們在商業上處於對等（Fifty）。」

「……這種態度不像是對等，不過我明白了。那麼，請問有何貴幹？」

「我被要求來跟你說明一下這次事件如何收尾。『天之牡牛』——被世上稱為二十四號颱風的災害在全世界散布的病原菌出乎意料地嚴重，為了解決事態，決定要啟用我們公司的粒子體。關於這點，你有沒有什麼該提出的疑問？」

焰動了動一邊眉毛。

這個人一邊說自己「前來說明」，卻又講出「有沒有疑問」。

一開始聽起來似乎合理，其實本質完全相反。這種對話，是為了測試出焰經過獨立思考，並且靠自身雙眼觀察後察覺到什麼事情。

講得具體一點，這男子是來評估焰的價值。

評估這個負責研究星辰粒子體，名為西鄉焰的少年有多少價值。

（要當作沒聽見也是可以……不過總覺得心裡有疙瘩。）

他來這裡做什麼？為什麼要講出這種像是在測試自己的發言？為了查出這些問題的答案，稍微刺探一下或許也是可行的辦法。

焰暫時沒有回答，而是先在沙發上坐下。

「疑問……嗎？那麼我就不客氣了。」

「請。」

「我開門見山的說吧——這次的事件，有沒有可能全都是『Everything Company』在自導自演？」

嗚哇喔……卡拉室長發出怪聲。就算是性格爽朗的她，大概也覺得這種發言未免太踩線了吧。愛德華研發部長也瞪大雙眼。

他稍微提起嘴角，然後眯起眼睛看向焰。

「嗯，我想知道理由。」

「咦？你不否認這是人為的事件？」

「沒有必要從那一點開始說明。我剛剛應該說過，雙方處於對等。你是已經找到足以產生疑心的論據才對我提出這種問題吧？那麼首先該用你自己的言論來講出個道理。」

是這樣嗎……焰聳了聳肩，繼續開口。

「其實還算不上什麼論據──總之，會因為這次事件獲得最多利益的是『Everything Company』，這是第一個疑點……而且針對這次事件的目的進行推論時，我首先想到的答案是『提高星辰粒子體的知名度』以及『獲得國際性的權威』這兩點。」

「嗯，繼續說。」

「藉由故意越過赤道線來大肆宣傳颱風是人為事件的做法，是意圖彰顯出這研究有多危險的一種示威行為，也是為了要導向最終的目的，那就是宣傳。等今後演變到為了防止同樣的氣象事件再度發生，應該要在哪個地方建設防波堤的情勢時，頭一個會成為議題的地點想必是得天獨厚全年都享有平均氣候的赤道線……推論到這邊，我回想起一件事，一件很久以前彩鳥她父親曾提起的事情。」

「你是指『環境控制塔』計畫吧？」

「是的，在全世界建設巨大的塔以散布星辰粒子體，改善暖化、沙漠化和大氣汙染等行星環境問題，並抑制乾旱、颱風，以及地震等災害。如果以上真的能夠實現，人類就可以真正支配這星球的一切。」

聽起來完全是在作白日夢呢……講到這裡，焰停頓了一下。在這次的事件浮上檯面之前，西鄉焰一直認為「環境控制塔」計畫是不可能實現的空談。

然而由於「天之牡牛」的出現，使得狀況產生巨大的變化。

「……話雖如此，但我並不認為『Everything Company』的上上下下全都跟事件有關。而且『天之牡牛』是比我等研究還要先進三個階段的產物，毫無疑問有外部的人士介入。是情報被洩漏出去嗎？還是有我不知道的論文……或者是存在著一個和這些完全無關的組織？我也無法推論出如此深入的問題。」

就是因為這樣，焰才會單刀直入地提問。他無法判斷女王跟她身邊的人是否可以信賴。焰能夠打心底相信的對象大概只有鈴華、彩鳥，還有十六夜與釋天而已吧。

而眼前的男子到底是敵是友？他想要在此得出答案。

愛德華原本打算評估焰的價值，結果卻被反過來質問真相，臉上露出皮笑肉不笑的表情。

或許是興致已被勾起，他發問的聲調比之前有勁。

「如果『Everything Company』真的是主犯，你打算怎麼辦？」

「我會挺身而戰，而且也會繼續研究粒子體。要保護這個研究不會被任何人拿去為非作歹。」

「要成為抑止的力量嗎——好，那麼如果主犯另有他人，而且是遠遠超乎你想像的敵人呢？如果這犯行的背後甚至有國家在撐腰呢？」

愛德華把身子往前探，表現出充滿壓迫感的氣勢。

先前那種懶散的模樣已經徹底消失，他的眼中帶有認真神色。

焰並沒有因此膽怯，而是從正面反擊。

「就算是那樣——我也會挺身而戰。」

「真是魯莽，這又是為了什麼理由？身為研究者的意氣嗎？」

「不，是**身為人的意氣**。」

男子忍不住爆笑出聲。

他抱著肚子彎下身體，當著本人面前嘲笑他的決心。

雖說再怎麼沒禮貌也該有點分寸，不過焰的認真態度並沒有因此動搖。

光是這次的颱風，推測出的犧牲者人數就有數百萬人，甚至可能超過一千萬人。代表有一群人傷害了這麼多的人類，破壞了他們的生活。

——沒錯，**敵人確實存在**。

只是全貌還無法確定，真相依然在迷霧的另一端。現在甚至連想要踩中對方的影子都無法順利辦到。

即使如此，某個期望這類大規模破壞的不共戴天之敵必定確實存在。那麼即使自己身為後生小輩，也不能作為逃避戰鬥的理由。

愛德華．格里姆尼爾大概也立刻發現自己的行為很失禮，他換上似乎比先前還愉快的視線，看著焰開口說道：

「哈……一個還沒幾歲的小孩子——居然偏偏選擇『身為人的意氣』來當成戰鬥的理由！哎呀！實在崇高實在崇高！虧你居然敢講這種大話！既然是這麼有趣的孩子，妳該早點叫我來啊，卡拉！」

「咦～！明明直到不久之前，都是愛德華你自己在鬧情緒，不管我說什麼都不肯行動吧！」

「那也沒辦法啊！就算是我，知道敬愛的人物往生也會想鬧鬧情緒吧？」

兩人看著對方，一起強行忍住笑意。

焰突然產生一個疑問——第三學研的室長曾經笑得如此邪惡嗎？不過他立刻繃緊情緒，把思考切換到其他事情上。

「愛德華先生，卡拉室長。既然已經把話講白到這種地步，請兩位認真回答我的問題。你們……是我的敵人嗎？」

「怎麼會。你可以放心，焰小弟。『Everything Company』是**清白**的，這一點我們可以保證。不過前提是你要相信我們啦。」

愛德華拿起先前隨手扔開的信封，抽起裡面的文件。

「剛才失禮了，因為我也沒辦法判斷出你是敵是友。不過經過這些問答，情況已經釐清。我們就成為你的同伴吧。」

「……？成為同伴的意思是？」

「別在意，你不用多久就會明白。以後不必客氣，要是碰上什麼困擾記得說出來，我一定會提供助力。而且幸好你的敵人和我的敵人湊巧一致……不過這些事等下次再說吧。現在，我們先來聊聊豐厚的獎賞。」

「……啊……好。」

由於愛德華的態度突然整個轉變，讓焰覺得自己好像撲了個空。眼前的男子看起來似乎真的樂在其中，然而現在還不能掉以輕心。

愛德華無視焰的反應，把文件從信封裡完全取出。

「我們這邊也打開天窗說亮話吧。『環境控制塔』計畫其實從很久以前就開始在水面下持續進行，毫無疑問這次的事件成了推進的助力。我能理解你懷疑『Everything Company』的心情，畢竟公司裡也正在尋找叛徒。」

「老實說再老實說，之前失蹤的焰小弟你在叛徒嫌犯名單中可是名列第一喔！」

卡拉的笑容讓焰感到背後竄過一股寒意。因為他帶走「原典(Origin)」，處於即使遭到懷疑也是天經地義的狀況。

「不過也因為彩鳥大小姐幫你說話，你的嫌疑已經化解了九成，剩下一成就採用由我們負責判斷的形式。只有在我們判斷你值得信賴的情況下，可以把這份文件——粒子體權益的相關文件交給你。」

「……權益？」

「就是利權啊，利權！講得露骨一點，就是鈔票！焰小弟，你以後可以獲得星辰粒子體所得利益的〇・七五％！」

卡拉開心回應後，這次焰終於忍不住睜大眼睛站了起來。

「妳……你說利益的〇・七五％？真……真的嗎？那可是天文數字般的金額啊！」

「沒錯。這一方面是為了要確實把你留住……還有，會長跟夫人對你也都相當中意。可以說是牽涉到各種考量想法後決定出的報酬。」

愛德華咧嘴露出不懷好意的笑容。然而身為當事者的焰沒空管那麼多，他簡單計算出一年能透過利權取得的報酬，突然感到頭昏眼花。

即使是只偏重醫療方面的現階段，一年就可以領到幾億到幾十億。要是能完成星辰粒子體，恐怕這數字還會膨脹好幾倍吧。

既然一年可以領到這麼多錢，孤兒院的經營也會安定下來。甚至不只這樣，連整修和增建等都能夠想怎麼做就怎麼做，再也不必因為買個大型電視就擔心這個擔心那個。

兩人似乎很愉快地望著因為龐大金額而快要昏倒的焰，同時拿好文件，說明今後的預定。

「關於『環境控制塔』計畫，如果講得粗略一點，和你的推測差不多。我想要實現大概是很久以後的事情，不過最後應該會蓋在赤道線上吧。」

「目前的預定候選地點有二十四地方，這部分你也要看一下喔。」

這時，焰突然回神。

「——妳說**在赤道線上的二十四個地方**？」

「沒錯，怎麼了嗎？」

「不……沒什麼。」

他搖著頭隨便應付過去。

然而，焰不由自主地回想起在箱庭世界發生的事件。

（……爭奪二十四個太陽主權的遊戲。難道……報酬是指……）

焰看著利權的相關文件，用力吞下一口唾沫。如果他的推測沒錯，主權戰爭和這份利權或許有什麼很密切的關係。

握緊文件後，焰呼了一口長氣。

這的確是很物質的報酬，但是既然可以拿到如此誇張的東西——

（我……一定要好好加油……！）

用力握拳的焰就像個小孩子，雙眼綻放出興奮的燦爛光芒。

這是天真的期待，然而目前暫時不會有人責怪他吧。

雖然將來會發展成讓世界劇烈震盪的戰事——不過，那還是遙遠未來才會發生的事。

後記

各位好久不見，我是竜ノ湖太郎。這次隔了半年，夏天已經過去，氣溫也一整個變冷了。後記居然這麼快就沒有東西可寫，這下不妙。

或許會有人想吐嘈說我上一集明明寫了這是冒險動作故事，實際上卻沒什麼在冒險吧？不過對於靠幹勁與興致以及慣性奮力往前衝刺的竜ノ湖來說有在異世界戰鬥又參加遊戲後來還搭乘列車就已經可以宣稱是冒險動作故事也不算是誇大其辭！

……嗯，不要緊，接下來會冒險然後演出動作故事所以沒問題。

請期待竜ノ湖老師的下一集！

話雖如此，我最近經常思考所謂的冒險動作故事到底是指什麼樣的作品。以我個人來說，提到冒險動作故事就是出在 SEGA SATURN 上的電玩遊戲《冒險奇譚》最讓人難忘！不過我玩的其實是ＰＳ版！果然ＰＳ勝過ＳＥＧＡ，ＤＣ又勝過ＰＳ！

因為後記沒有東西可以寫，就豁出去用這作品的風格來宣傳以前的遊戲吧！

《冒險奇譚》——是一個以被稱為「世界盡頭」的巨大牆壁所分割的世界為舞台，主角從事「冒險者」這種職業後，四處探索各種遺跡的冒險動作故事。然而主角等人在冒險的最後將會發現世界盡頭原來是謊言，因此決定要挑戰沒有任何人征服過的「世界之壁」。

……嗯，雖然寫到這裡才提這種事有點那個，不過說真的，光是敘述簡介就可以明顯看出我有受到這作品的影響呢。其實《問題兒童系列》裡登場的箱庭世界最初也是在位於牆內的城鎮，箱庭都市中就完結，不過如果籠罩世界的「世界盡頭」只是普通牆壁會讓人一眼看出有受到影響，覺得這樣實在丟臉的我想說再稍微改編一下的結果就是第一部第一集出現過的「世界盡頭」，托力突尼斯大瀑布。

只是像這種先完成世界觀的作品結構通常很難通過情節審查，一開始也是被回以：「拿先決定角色設定和先決定世界觀的兩種作品結構相比，以輕小說來說絕對是前者比較好」所以沒能通過。

「如果想寫，唯一的辦法就是做出在大綱沒通過的狀況下直接寫正文的無謀挑戰！」如此這般，明明企畫沒通過我卻送出第一集，結果當時的責編回覆：「因為很有趣乾脆直接繼續下去吧 Baby！」於是在一陣驚慌失措之下就飛越了世界的盡頭來到此處。

……哼哼，仔細想想，這趟走得還真遠啊。

不妙，頁數還有剩。

只好多斷句，然後稍微聊一下《問題兒童的最終考驗》的第二集。

這次或許有出現會讓看完第二集的讀者感到「嗯？」的詞語。我記得自己以前曾在哪裡提過，這個《問題兒童系列》原本也是在下竜ノ湖太郎寫的故事進行立體交叉之後完成的作品，其中比較舊的故事已經是將近十年前的東西。連得獎作《イクヴェイジョン》也尚未問世！雖然我還想寫敵托邦篇或是 Jack The Ripper 的短篇，不過太郎很清楚竜ノ湖執筆的速度有多慢！基於以上理由，這次的《問題兒童的最終考驗》第二集先把亂成一團的世界觀逐步揭明。長期關注本作的讀者說不定在這集已經解開大部分謎題，這點讓我有點後悔。至於最近才開始接觸本作的讀者，如果各位能享受今後將會一步步揭露的世界之謎，我也會感到很高興。

下次（大概）會在四個月到六個月後出版！（註：此指日版出版時間）關於詳細情報，只要先追蹤會最快提供消息的角川スニーカー文庫的推特帳號，似乎還可以取得特典之類的情報喔！

好，達成後記需要的字數了！

對於這次也以精彩插圖為作品增添光彩的ももこ老師。

還有為了這本書而連續上班天以上的責編Ｏ（哎呀真的非常抱歉）。

以及為了出版這本書而提供協助的所有相關人士。

最後是閱讀《問題兒童的最終考驗》第二集的各位讀者，在此向各位獻上我的感謝。

竜ノ湖太郎

YES!! 後台下集預告！
哎呀，回想起來，這真是一趟充滿美食的旅程呢！
居然能在地中海度過假期，真是個讓人高興的失算。
……女性組要是整天狂吃會變胖……
哎呀，最好不要繼續說下去。

不過呢，世界上也有那種
無論吃多少都不會成長的人。
下集那傢伙應該也會出場吧？
YES！下一集是在精靈列車上舉行的
第二次太陽主權戰爭，以及開幕儀式！
參加者們會陸續來到會場集合！
大家在意的那一位還有某個傻瓜大人
也會回來喔！
……是嗎，
那傢伙
要回來了嗎？
女王，
請別露出那種
邪惡的笑容。
NEXT
問題兒童的最終考驗3 失控！精靈列車！
敬請期待!!

國家圖書館出版品預行編目資料

問題兒童的最終考驗. 2, Avatāra再臨 / 竜ノ湖太郎作 ; 羅尉揚譯. --- 初版. -- 臺北市 : 臺灣角川, 2017.01

面 ; 公分

譯自 : ラストエンブリオ. 2, 再臨のアヴァターラ

ISBN 978-986-473-494-8(平裝)

861.57 105022897

Kadokawa
Fantastic
Novels

問題兒童的最終考驗 2
Avatāra再臨

（原著名：ラストエンブリオ２再臨のアヴァターラ）

２０１７年２月２日　初版第１刷發行
２０１９年８月30日　初版第３刷發行

作　者：竜ノ湖太郎
插　畫：ももこ
譯　者：羅尉揚

發行人：岩崎剛人
總經理：楊淑媄
資深總監：許嘉鴻
總編輯：蔡佩芬
主　編：朱哲成
美術設計：宋芳茹
印　務：李明修（主任）、張加恩（主任）、張凱棋

發行所：台灣角川股份有限公司
地　址：１０５台北市光復北路11巷44號５樓
電　話：（02）2747-2433
傳　真：（02）2747-2558
網　址：http://www.kadokawa.com.tw
劃撥帳戶：台灣角川股份有限公司
劃撥帳號：19487412
法律顧問：有澤法律事務所
製　版：尚騰印刷事業有限公司
ＩＳＢＮ：978-986-473-494-8

LAST EMBRYO volume2　SAIRIN NO AVATARA

First published in Japan in 2015 by KADOKAWA CORPORATION, Tokyo.
Chinese translation rights arranged with KADOKAWA CORPORATION, Tokyo.